平凹说小说

贾平凹 著

陕西师范大学出版总社

图书代号： WX18N0904

图书在版编目（CIP）数据

平凹说小说 / 贾平凹著. — 西安：陕西师范大学出版总社有限公司，2018.9
ISBN 978-7-5695-0000-4

Ⅰ.①平… Ⅱ.①贾… Ⅲ.①序跋—作品集—中国—当代 Ⅳ.①I267

中国版本图书馆CIP数据核字（2018）第109276号

平凹说小说
PINGWA SHUO XIAOSHUO

贾平凹 著

选题策划	刘东风 郭永新
责任编辑	宋媛媛
责任校对	彭 燕
封面设计	一千遍工作室
出版发行	陕西师范大学出版总社
	（西安市长安南路199号 邮编710062）
网　址	http://www.snupg.com
印　刷	陕西龙山海天艺术印务有限公司
开　本	880mm×1230mm 1/32
印　张	5.375
插　页	4
字　数	102千
版　次	2018年9月第1版
印　次	2018年9月第1次印刷
书　号	ISBN 978-7-5695-0000-4
定　价	39.80元

读者购书、书店添货或发现印刷装订问题，请与本公司营销部联系、调换。
电话：（029）85307864　85303629　传真：（029）85303879

目录

《浮躁》序言之一　001

《浮躁》序言之二　004

《妊娠》序　007

《废都》后记　011

《废都》再版后记　022

《白夜》后记　025

《土门》后记　032

《高老庄》后记　037

《怀念狼》后记　044

《病相报告》后记　048

《秦腔》后记　056

《高兴》后记之一	068
《高兴》后记之二	094
《古炉》后记	106
《带灯》后记	118
《老生》后记	132
《极花》后记	141
《山本》后记	154
"卧虎"说	162
五十大话	165

《浮躁》序言之一

这仍然是一本关于商州的书,但是我要特别声明:在这里所写到的商州,它已经不是地图上所标志的那一块行政区域划分的商州了,它是我虚构的商州,是我作为一个载体的商州,是我心中的商州。而我之所以还要沿用这两个字,那是我太爱我的故乡的缘故罢了。

我是太不愿意再听到有关对号入座的闲话。

在这本书里,我仅写了一条河上的故事,这条河我叫它州河。于我的设计中,商州是应该有这么一条河的,且这河又是商州唯一的大河。商州人称什么大的东西,总是喜欢以州来概括的,他们说"走州过县",那就指闯荡了许多大的世界,大凡能直接通往州里的公路,还一律称之为"官道",一座州城简直是满天下的最辉煌的中心圣地。

现在已经有许多人到商州去旅行考察，他们所带的指南是我以往的一些小说，却往往乘兴而去败兴而归，责骂我的欺骗。这全是心之不同而目之色异的原因，怨我是没有道理的，就说现在的州河虽然也是不真实的，但商州的河流多却是任何来人皆可体验的。这些河流几乎都发源于秦岭，后来都归于长江，但它们明显地不类同北方的河，亦不是所谓南方的河。古怪得不可捉摸，清明而又性情暴戾，四月五月冬月腊月枯时几乎断流，春秋二季了，却满河满沿不可一世，流速极紧，非一般人之见识和想象。若不枯不发之期，粗看似乎并无奇处，但主流道从不蹈一，走十里滚靠北岸，走十里倒贴南岸，故商州的河滩皆宽，"三十年河东，三十年河西"的成语在这里已经简化为一个符号"S"代替，阴阳师这么用，村里野叟妇孺没齿小儿也这么用。

因此，我的这条州河便是一条我认为全中国的最浮躁不安的河。

浮躁当然不是州河的美德，但它是州河不同于别河的特点，这如同它翻洞过峡吼声价天喜欢悲壮声势一样，只说明它还太年轻，事实也正如此，州河毕竟是这条河流经商州地面的一段上游，它还要流过几个省，走上千里上万里的路往长江去，往大海去。它的前途是越走越深沉，越走越有力量的。

对于州河，我们不需要做过分的赞美，同时亦不需要做刻薄的指责,它经过了商州地面,是必由之路,更看好的是它现在流得无拘无束,流得随心所欲,以自己的存在流,以自己的经验流。

××年前,孔子说:逝者如斯夫。我总疑心,这先生是在作州河考。

一九八六年六月平凹识于五味什字

《浮躁》序言之二

　　下面的这段话原本是我作为跋的,现在却拉到前边来作又一个序,所以读者是可以先跳过去不看的。

　　老实说,这部作品我写了好长时间,先作废过十五万字,后又翻来覆去过三四遍,它让我吃了许多苦,倾注了我许多心血,我曾写到中卷的时候不止一次地窃笑:写《浮躁》,作者亦浮躁呀!但也就在写作的过程中,我由朦朦胧胧而渐渐清晰地悟到这一部作品将是我三十四岁之前的最大一部也是最后一部作品了,我再也不可能还以这种框架来构写我的作品了。换句话说,这种流行的似乎严格的写实方法对我来讲将有些不那么适宜,甚至大有了那么一种束缚。

　　一位画家曾经对我评述过他自己的画:他力图追求一种简洁的风格,但他现在却必须将画面搞得很繁很实,在用减法之前而大用加法。我恐怕也是如此,必须先写完这部作品了。因为我的哲学意识太差,生活底气不足,技巧更是生涩,我必要先踏着别人的路子走,虽然这条路上已有成百上千的优秀作家将其了不起的作品放在了我的面前。于是,我是认真来写这部作品的,企图使它更多混茫,更多蕴藉,以总结我以前的创作,且更有一层意义是有意识在这一部作品里修我的性和练我的笔,扼制在写到一半时之所以心态浮躁正是想当文学家这个作祟的鬼欲望,而冲和、宽缓。可以说,我在战胜这部作品的同时也战胜了我。

我之所以要写这些话,做出一种不伦不类的可怜又近乎可耻的说明,因为我真有一种预感,自信我下一部作品可能会写好,可能全然不再是这部作品的模样。一个时代有一个时代的作品,我应该为其而努力。现在不是产生绝对权威的时候,政治上不可能再出现毛泽东,文学上也不可能再会有托尔斯泰了。中西的文化深层结构都在发生着各自的裂变,怎样写这个令人振奋又令人痛苦的裂变过程,我觉得这其中极有魅力,尤其作为中国的作家怎样把握自己民族文化的裂变,又如何在形式上不以西方人的那种焦点透视法而运用中国画的散点透视法来进行,那将是多有趣的试验!有趣才诱人着迷,劳作而心态平和,这才使我大了胆子想很快结束这部作品的工作去干一种自感受活的事。

我欣赏这样一段话:艺术家最高的目标在于表现他对人间宇宙的感应,发掘最动人的情趣,在存在之上建构他的意象世界。

硬的和谐，苦涩的美感，艺术诞生于约束，死于自由。

　　但我还是衷心希望我的读者能热情地先读完这部作品。按商州人的风俗，人生到了三十六岁是一个大关，庆贺仪式犹如新生儿一般，而庆贺三十六岁却并不是在三十六岁那年而在三十五岁生日的那天。明年我将要"新生"了，所以我更企望我的读者与一个将要过去的我亲吻后而告别，等待着我的再见。

　　阿弥陀佛啊！

一九八六年七月平凹识于静虚村

《妊娠》序

作品愈来愈加重了现实生活的成分,这使我也感到吃惊,想想来,这全是我的环境所致,地位所致,也是我的生命所致。但是,对于严峻的丰富的又特别新奇的现实生活,我几度地晕眩、迷惑,产生几多消沉,几多自信。长篇里先是做《商州》,再是做《浮躁》,现在,就是《妊娠》了。读者已经从这些题目上看出我不会起名的无能了,我确实不知怎么概括这个时代的现象、心理、情绪。过去流行一种"时代精神说",往往是强调要怎么怎么的,总之是一种人为的硬加,我的看法一直与之不一,认为这是"势也"。汉代国力强盛,经济必然发展,疆土必然扩大,皇帝就有了武帝,外交就有了张骞,连石匠刻刻石头也就有了霍去病墓前的卧虎蟾蜍,连泥瓦工随便捏个土罐,也就是个大度无比的汉罐。清末衰败,看看它的景泰蓝、蛐蛐罐、鼻烟壶也便知晓了。一个时代有一个时代的精神，在当时并不被大多数人体察，过后则明了矣，而要写出这个时代，此时代的作家只需真真实实写出现实生活，混混沌沌端出来，这可以说起码是够了。

一位科学家给我讲授过四边形的力，由四边形的力衍义到龙卷风的形成。一位道士指正我看八卦双鱼图，说那不是平面的，是立体抱合的，不停旋转运动的。他们讲得很深，很玄，令我糊涂了又明白，明白了复又糊涂。我的一位乡下的嫂子却给我讲过她的妊娠，说其巨大的幸福和巨大的痛苦。"婆婆说'酸儿辣女甜秀才'，可我什么都不想吃，不知道我要生出的是什么人物。我一脸的雀斑，终日呕吐，身子也十分难看，但全家人都喜欢提说我，向来客介绍，似乎我成了皇后娘娘。不久我就患了一种病，医生说是妊娠中毒症……"

我曾经翻阅了《辞源》，寻出妊娠中毒症的解释，上面写道：妊娠期间，母体的内分泌系统、心血管系统、生殖系统和乳房都发生相应的变化，中毒症特征为水肿、高血压和蛋白尿，出现头昏，目眩，胸闷，甚至全身抽搐，神志昏迷。

由此我想，世上的事都是大悲伴随了大喜，无祸也就无乐啊！但不知乡下的大嫂在极端痛苦之时产生没产生过想将胎儿打掉的念头呢。

夜里阅读《周易》，至睽第三十八，属下兑上离，其

《象》曰:"火动而上,泽动而下。二女同居,其志不同行。"又曰:"天地睽而其事同也。男女睽而其志通也。万物睽而其事类也。睽之时用大矣哉!"我特别赞叹"睽之时用大矣哉"这句,拍案叫绝,长夜不眠。也就在这一晚,灵感蓦然爆发,勾起了我久久想写又苦未能写出的一部作品的欲火。

之后长长的三月之内,我做着这部长篇的总体构思工作,几乎已经有了颇完整的东西,但因别的原因,却未系统地写出,姑想是一头牛,先拿出牛肚,再拿出牛排,又拿出牛腿吧,这就是先后在报刊上发表的《龙卷风》《马角》《故里》《美好的侏人》等等。我始终有个孱弱的秉性,待这些东西分别发表了,外人皆认可是独立的中篇和短篇时,倒不敢宣言这全是化整为零的工作,组合长篇一事也就再不提及。也就在这期间,结识了作家出版社的编辑潘婧同志,她是女性,颇具都市文明风度,在编完我的《浮躁》之后,就注视着我的这些长短不一的作品,忽来信说:这也是一部长篇啊!一句话勾动我的初衷,给了我勇敢,我真感激她。但是,当我整理时,已发觉这些长长短短之文在分别发表时地点虽在陕南而村名各异,内容虽为一统而人名别离。潘婧同志说:读者要看你的流水账吗?既是化整为零,亦可聚零为整,我要的是你整头的牛!好么,我牵出牛来,请潘婧同志,也请读者同志只注意这牛是活的,有骨骼有气血的,而牛耳或许没有,牛蹄或许是马脚,牛毛或许是驴毛,那就希望你们视而不见,见而不言破罢了。

识于一九八七年八月五日

《废都》后记

一晃荡,我在城里已经住罢了二十年,但还未写出过一部关于城的小说。越是有一种内疚,越是不敢贸然下笔,甚至连商州的小说也懒得作了。依我在四十岁的觉悟,如果文章是千古的事——文章并不是谁要怎么写就可以怎么写的——它是一段故事,属天地早有了的,只是有没有夙命可得到。姑且不以国外的事做例子,中国的《西厢记》《红楼梦》,读它的时候,哪里会觉它是作家的杜撰呢?恍惚如所经历,如在梦境。好的文章,囫囫囵囵是一脉山,山不需要雕琢,也不需要机巧地在这儿让长一株白桦,那儿又该栽一棵兰草的。这种觉悟使我陷于了尴尬,我看不起了我以前的作品,也失却了对世上很多作品的敬畏,虽然清清楚楚这样的文章究竟还是人用笔写出来的,但为什么天下有了这样的文章而我却不能呢?!检讨起来,往日企羡的什么辞章灿烂，情趣盎然，风格独特，其实正是阻碍着天才的发展。鬼魅狰狞，上帝无言。奇才是冬雪夏雷，大才是四季转换。我已是四十岁的人，到了一日不刮脸就面目全非的年纪，不能说头脑不成熟，笔下不流畅，即使一块石头，石头也要生出一层苔衣的，而舍去了一般人能享受的升官发财、吃喝嫖赌，那么搔秃了头发，淘虚了身子，仍没美文出来，是我真个没有夙命吗？

我为我深感悲哀。这悲哀又无人与我论说。所以，出门在外，总有人知道了我是某某后要说许多恭维话，我脸烧如炭。当去书店，一发现那儿有我的书，就赶忙走开。我愈是这样，别人还以为我在谦逊。我谦逊什么呢？我实实在在地觉得我是浪了个虚名，而这虚名又使我苦楚难言。

有这种思想，作为现实生活中的一个人来说，我知道是不祥的兆头。事实也真如此。这些年里，灾难接踵而来，先是我患乙肝不愈，度过了变相牢狱的一年多医院生活，注射的针眼集中起来，又可以说经受了万箭穿身；吃过大包小包的中药草，这些草足能喂大一头牛的。再是母亲染病动手术；再是父亲得癌症又亡故；再是妹夫死去，可怜的妹妹拖着幼儿又回住在娘家；再是一场官司没完没了地纠缠我；再是为了他人而卷入单位的是是非非中受尽屈辱，直至又陷入另一种更可怕的困境里，流言蜚语铺天盖地而来……我没有儿子，父亲死后，我曾说过我前无古人后无来者了。现在，该走的未走，不该走的都走了，几十年奋斗的营造的一切稀里哗啦都打碎了,只剩下了肉体上精神上都有着毒病的我和我的三个字的姓名,而名字又常常被别人叫着写着用着骂着。

这个时候开始写这本书了。

要在这本书里写这个城了,这个城里却已没有了供我写这本书的一张桌子。

在一九九二年最热的天气里,托朋友安黎的关系,我逃离到了耀县。耀县是药王孙思邈的故乡,我兴奋的是在药王山上的药王洞里看到一个"坐虎针龙"的彩塑,彩塑的原意是讲药王当年曾经骑着虎为一条病龙治好了病的。我便认为我的病要好了,因为我是属龙相。后来我同另一位搞戏剧的老景被安排到一座水库管理站住,这是很吉祥的一个地方。不要说我是水命,水又历来与文学有关,且那条沟叫锦阳川就很灿烂辉煌;水库地名又是叫桃曲坡,曲有文的含义,我写的又多是女人之事,这桃便更好了。在那里,远离村庄,少鸡没狗,绿树成荫,繁花遍地,十数名管理人员待我又敬而远之,实在是难得的清静处。整整一个月里,没有广播可听,没有报纸可看,没有麻将,没有扑克。每日早晨起来去树林里掬一股黄亮亮的小便了,透着树干看远处的库面上晨雾蒸腾,直到波光粼粼了一片银的铜的,然后回来洗漱,去伙房里提开水,敲着碗筷去吃饭。夏天的苍蝇极多,饭一盛在碗里,苍蝇也站在了碗沿上,后来听说这是一种饭苍蝇,从此也不在乎了。吃过第一顿饭，我们就各在各的房间里写作，规定了谁也不能打扰谁的，于是一直到下午四点，除了大小便，再不出门。我写起来喜欢关门关窗，窗帘也要拉得严严实实，如果是一个地下的洞穴那就更好。烟是一根接一根地抽，每当老景在外边喊吃饭了，推开门直叫烟雾笼罩了你了！再吃过了第二顿饭，这一天里是该轻松轻松了，就趿个拖鞋去库区里游泳。六点钟的太阳还毒着，远近并没有人，虽然勇敢着脱光了衣服，却只会狗刨式，只能在浅水里手脚乱打，打得腥臭的淤泥上来。岸上的蒿草丛里嘎嘎地有嘲笑声，原来早有人在那里窥视。他们说，水库十多年来，每年要淹死三个人的，今年只死过一个，还有两个指标的。我们就毛骨悚然，忙爬出水来穿了裤头就走。再不敢去耍水，饭后的时光就拿了长长的竹竿去打崖畔儿上的酸枣。当第一颗酸枣红起来，我们就把它打下来了，红红的酸枣是我们唯一能吃到的水果。后来很奢侈，竟能贮存很多，专等待山梁背后的一个女孩子来了吃。这女孩子是安黎的同学，人漂亮，性格也开朗，她受安黎之托常来看望我们，送笔呀纸呀药片呀，有时会带来几片烙饼。夜里，这里的夜特别黑，真正的伸手不见五指，我们就互相念着写过的章节，念着念着，我们常害肚子饥，但并没有什么可吃的。我们曾经设计过去偷附近村庄农民的南瓜和土豆，终是害怕了那里的狗，未能实施。管理站前的丁字路口边是有一棵核桃树的，树之顶尖上有一颗青皮核桃，我去告诉了老景，老景说他早已发现。黄昏的时候我们去那里抛着石头掷打，但总是目标不中，歇歇气，搜集了好大一堆石块瓦片，掷完了还是打不下来，倒累得脖子疼胳膊疼，只好一边回头看着一边走开。这个晚上，已经是十一点了，老景馋得不行，说知了的幼虫是可以油炸了吃的，并厚了脸借来了电炉子、小锅、油、盐，似乎手到擒来，一顿美味就要到口了。他领着我去树林子，打着手电在这棵树上照照，又到那棵树上照照，树干上是有着蝉的壳，却没有发现一只幼虫。这样为着觅食而去，觅食的过程却获得了另一番快感。往后的每个晚上，这成了我们的一项工作。不知为什么，幼虫还是一只未能捉到，捉到的倒是许多萤火虫，这里的萤火虫到处在飞，星星点点又非常地亮，我们从林子中的小路上走过，常恍惚是身在了银河的。

老景长得白净，我戏谑他是唐僧，果然有一夜一只蝎子就钻进他的被窝咬了他，这使我们都提心吊胆起来，睡觉前翻来覆去地检查屋之四壁，抖动被褥。蝎子是再也没有出现的，而草蚊飞蛾每晚在我们的窗外聚会，黑乎乎地一疙瘩一疙瘩的，用灭害灵去喷，尸体一扫一簸箕的。我们便认为这是不吉利的事。我开始打磨我在香山拣到的一块石头，这石头很奇特，上边天然形成一个"大"字，间架结构又颇似柳体。我把"大"字石头雕刻了一个人头模样系在脖子上，当作我的护身符。这护身符一直系着，直到我写完了这部书。老景却在树林子里拣到了一条七寸蛇的干尸，那干尸弯曲得特别好，他挂在白墙上，样子极像一个凝视的美妙的少女。我每天去他房间看一次蛇美人，想入非非。但他要送我，我不敢要。

在耀县锦阳川桃曲坡水库——我永远不会忘记这个地名的——待过了整整一个月，人明显是瘦多了，却完成了三十万字的草稿。那间房子的门口，初来时是开绽了一朵灼灼的大理花的，现在它已经枯萎。我摘下一片花瓣夹在书稿里下山。一到耀县，我坐在一家咸汤面馆门口，长出了一口气，说："让我好好吃顿面条吧！"吃了两海碗，口里还想要，肚子已经不行了，坐在那里立不起来。

回到西安，我是奉命参加这个城市的古文化艺术节书市活动的。书市上设有我的专门书柜，疯狂的读者抱着一摞一摞的书让我签名，秩序大乱，人潮翻涌，我被围在那里几乎要被挤得粉碎。几个小时后幸得十名警察用警棍组成一个圆圈，护送了我钻进大门外的一辆车中急速遁去。那样子回想起来极其可笑。事后我的一个朋友告诉说，他骑车从书市大门口经过时，正瞧着我被警察拥着下来，吓了一跳，还以为我犯了什么罪。我那时确实有犯罪的心理，虽然我不能对着读者说我太对不起你们了，但我的脸上没有一丝笑容。离开了被人拥簇的热闹之地，一个人回来，却寡寡地窝在沙发上吸烟落泪。人人都有一本难念的经，我的经比别人更难念。对谁去说？谁又能理解？这本书并没有写完，但我再没有了耀县的清静,我便第一次出去约人打麻将,第一次夜不归宿,那一夜我输了个精光。但写起这本书来我可以忘记打麻将,而打起麻将了又可以忘记这本书的写作。我这么神不守舍地挨着日子,白天害怕天黑,天黑了又害怕天亮。我感觉有鬼在暗中逼我,我要彻底毁掉我自己了,但我不知道我该怎么办。这时候,我收到一位朋友的信,他在信中骂我迷醉于声名之中,为什么不加紧把这本书写完?!我并没有迷醉于声名之中,正是我知道成名不等于成功,才痛苦得不被人理解,不理解又要以自己的想法去做,才一步步陷入了众要叛亲要离的境地!但我是多么感激这位朋友的责骂,他的骂使我下狠心摆脱一切干扰,再一次逃离这个城市去完成和改抄这本书的全稿了。我虽然还不敢保险这本书到底会写成什么模样,但我起码得完成它!

于是我带着未完稿又开始了时间更长更久的流亡写作。

我先是投奔了户县李连成的家。李氏夫妇是我的乡党,待人热情,又能做一手我喜爱吃的家乡饭菜。一九八六年我改抄长篇小说《浮躁》就在他家。去后,我被安排在计生委楼上的一间空屋里。计生委的领导极其关照,拿出了他们崭新的被褥,又买了电炉子专供我取暖,我对他们的接纳十分感激,说我实在没法回报他们,如果我是一个妇女,我宁愿让他们在我肚子上开一刀,完成一个计划生育的指标。一天两顿饭,除了按时去连成家吃饭,我就待在房子里改写这本书。整层楼上再没有住人,老鼠在过道里爬过,我也能听得它的声音。窗外临着街道,因不是繁华地段,又是寒冷的冬天,并没有喧嚣。只是太阳出来的中午,有一个黑脸的老头总在窗外楼下的固定的树下卖鼠药,老头从不吃喝,却有节奏地一直敲一种竹板。那梆梆的声音先是心烦,由心烦而去欣赏,倒觉得这竹板响如寺院禅房的木鱼声,竟使我愈发心神安静了。先头的日子里,电炉子常要烧断,一天要修理六至八次。我不会修,就得喊连成来。那一日连成去乡下出了公差,电炉子又坏了,外边又刮风下雪,窗子的一块玻璃又撞碎在楼下,我冻得握不住笔,起身拿报纸去夹在窗纱扇里挡风;刚夹好,风又把它张开;再去夹,再张开,只好拉闭了门往连成家去。袖手缩脖下得楼来,回头看三楼那个还飘动着破报纸的窗户,心里突然体会到了杜甫的《茅屋为秋风所破歌》的境界。

住过了二十余天,大荔县的一位朋友来看我,硬要我到他家去住,说他新置了一院新宅,有好几间空余的房子。于是连成亲自开车送我去了渭北的一个叫邓庄的村庄,我又在那里住过了二十天。这位朋友姓马,也是一位作家,我所住的是他家二楼上的一间小房。白日里,他在楼下看书写文章,或者逗弄他一岁的孩子;我在楼上关门写作,我们谁也不理谁。只有到了晚上,两人在一处走六盘象棋。我们的棋艺都很臭,但我们下得认真,从来没有悔过子儿。渭北的天气比户县还要冷,他家的楼房又在村头,后墙之外就是一眼望不到边的大平原,房子里虽然有煤火炉，我依然得借穿了他的一件羊皮背心，又买了一条棉裤，穿得臃臃肿肿。我个子原本不高，几乎成了一个圆球，每次下那陡陡的楼梯就想到如果一脚不慎滚下去，一定会骨碌碌直滚到院门口去的。邓庄距县城五里多路，老马每日骑车进城去采买肉呀菜呀粉条呀什么的。他不在，他的媳妇抱了孩子也在村中串门去了。我的小房里烟气太大，打开门敞着，我就站立在楼栏杆处看着这个村子。正是天近黄昏，田野里浓雾又开始弥漫，村巷里有许多狗咬，邻家的鸡就扑扑棱棱往树上爬。这些鸡夜里要栖在树上，但竟要栖在四五丈高的杨树梢上，使我感到十分惊奇。

二十天里，我烧掉了他家好大一堆煤块，每顿的饭里都有豆腐，以至卖豆腐的小贩每日数次在大门外吆喝。他家的孩子刚刚走步，正是一刻也不安静地动手动脚，这孩子就与我熟了，常常偷偷从水泥楼梯台爬上来，冲着我不会说话地微笑。老马的媳妇笑着说："这孩子喜欢你，怕将来也要学文学的。"我说，孩子长大干什么都可以，千万别让弄文学。这话或许不应该对老马的媳妇说，因为老马就是弄文学的，但我那时说这样的话是一片真诚。渭北农村的供电并不正常，动不动就停电了，没有电的晚上是可怕的，我静静地长坐在藤椅上不起，大睁着夜一样黑的眼睛。这个夜晚自然是失眠了，天亮时方睡着。已经是十一点了，迷迷糊糊睁开眼，第一个感觉里竟不知自己是在哪儿。听得楼下的老马媳妇对老马说："怎不听见他叔的咳嗽声，你去敲敲门，不敢中了煤气了!"我赶忙穿衣起来,走下楼去,说我是不会死的,上帝也不会让我无知无觉地自在死去的,却问:"我咳嗽得厉害吗?"老马的媳妇说:"是厉害,难道你不觉得?!"我对我的咳嗽确实没有经意,也是从那次以后留心起来,才知道我不停地咳嗽着。这恐怕是我抽烟太多的缘故。我曾经想,如果把这本书从构思到最后完稿的多半年时间里所抽的烟支接连起来,绝对地有一条长长的铁路那么长。

当我所带的稿纸用完了最后的一张,我又返回到了户县,住在了先前住过的房间里。这时已经月满,年也将尽,"五豆""腊八""二十三",县城里的人多起来,忙忙碌碌筹办年货。我也抓紧着我的工作,每日无论如何不能少于七千字的速度。李氏夫妇瞧我脸面发胀,食欲不振,想方设法地变换饭菜的花样,但我还是病了,而且严重地失眠。我知道一走近书桌,书里的庄之蝶、唐宛儿、柳月在纠缠我;一离开书桌躺在床上,又是现实生活中纷乱的人事在困扰我。为了摆脱现实生活中人事的困扰,我只有面对了庄之蝶和庄之蝶的女人,我也就常常处于一种现实与幻想混在一起无法分清的境界里。这本书的写作,实在是上帝给我太大的安慰和太大的惩罚,明明是一朵光亮美艳的火焰,给了我这只黑暗中的飞蛾兴奋和追求,但诱我近去了却把我烧毁。

腊月二十九的晚上,我终于写完了全书的最后一个字。

对我来说，多事的一九九二年终于让我写完了，我不知道新的一年我将会如何地生活，我也不知道这部苦难之作命运又是怎样。从大年的三十到正月的十五，我每日回坐在书桌前目注着那四十万字的书稿，我不愿动手翻开一页。这一部比我以前的作品更优秀呢，还是情况更糟？是完成了一桩宿命呢，还是上苍的一场戏弄？一切都是茫然，茫然如我不知我生前为何物所变，死后又变何物。我便在未做全书最后的一次润色工作前写下这篇短文，目的是让我记住这本书带给我的无法向人说清的苦难，记住在生命的苦难中又唯一能安妥我破碎了的灵魂的这本书。

一九九三年正月下旬

《废都》再版后记

《废都》一九九三年出版，二〇〇四年再版，头尾一隔十二个春秋。人是有命运的，书也有着命运。十二年对于一本书或许微不足道，对于一个人却是个大数目，我明显地在老了。

关于这本书，别人对它所说的话已经太多了！出版的那一年，我能见到的评论册有十几本，加起来厚度超过了它四五倍，以后的十年里，评论的文章依然不绝，字数也近百万。而我从未对它说过一句话，我挑着的是担鸡蛋，集市上的人群都挤着来买，鸡蛋就被挤破了，一地的蛋清蛋黄。

今月今日今时，《废都》再版了，消息告诉给我的时候，我没有笑，也没有哭，我把我的一碗饭吃完。书房西墙上挂着的"天再旦"条幅是我在新旧世纪交替的晚上写的，现在看着，看了许久。然后我寻我的笔，在纸上写：向中国致敬！向十二年致敬！向对《废都》说过各种各样话的人们致敬，你们的话或许如热夏或许如冷冬，但都说得好，若冬不冷夏不热，连五谷都不结的！也向那些盗版者致敬，十二年里我差不多在热衷地收集每年的各种盗版本，书架上已放着五十个版本，他们使读者能持续地读下来！

十二年前，《废都》脱稿的前后，我是独自借居在西北大学教工五号楼三单元五层的房间里，因为只有一张小桌和一个椅子，书稿就放在屋角的地板上。一天正洗衣服，突然停了水，恰好有人来紧急通知去开个会，竟然忘了关水龙头就走。三个小时后，搭一辆出租车回来，司机认出了我，坚决不收车费，并把我一直送到楼下。刚一下车，楼道里流成了河，四楼的老太太大喊：你家漏水啦，把我家都淹啦！我蓦地记起没关水龙头，扑上楼去开门，床边的拖鞋已漂浮在门口。先去关水龙头，再抢救放在地板上的东西，纸盒里的挂面泡涨了，那把古琴水进了琴壳，我心想完了完了，书稿完了，跑到屋角，书稿却好好的，水是离书稿仅一指远竟没有淹到！我连叫着：爷呀，爷呀！那位司机也是跟了我来帮忙清理水灾的，他简直目瞪口呆，说："水不淹书稿？"我说："可能是屋角地势高吧。"司机说："这是地板，再高能高到哪儿去？"事后，我也觉得惊奇。不久四川一家杂志的编辑来约稿，我说起这件事，她让我写成小文章，登在他们杂志上。但他们杂志在已排好了版后又抽下了，来信说怕犯错误，让我谅解。我怎能不谅解呢？也估计这个小文章永远发表不了，索性连原稿也没有要回。一年后，我从那间房子里搬走了，但那间房子时时就在我梦里，水不淹书稿的事记得真真切切。

昨天，我和女儿又去了一趟西北大学，路过了那座楼。楼是旧了，周围的环境也面目全非。问起三单元五层房间的主人，旁人说你走后住了一个教授，那个教授也已搬走了，现在住的是另一个教授。但楼前的三棵槐树还在，三棵槐树几乎没长，树上落着一只鸟，鸟在唱着。我说："唱得好！"女儿说："你能听懂？"我说："我也听不懂，但听着好听。"

《白夜》后记

当小说成为一门学科，许多人在孜孜研究了，又有成千上万的人要写小说而被教导着，小说便越来越失去了本真，如一杯茶放在了桌上，再也不能说喝着的是长江了。过去的万事万物涌现在人类的面前，贤哲们是创造了成语，一句万紫千红被解释为春天的景色，但如果我们从来没有经历过春天，万紫千红只会给我们一张脏兮兮画布的感觉。世界变得小起来的时候，一千个人的眼里却出奇地是一千个世界，就不再需要成语。小说是什么？小说是一种说话，说一段故事，我们做过的许许多多的努力——世上已经有那么多的作家和作品，怎样从他们身边走过，依然再走——其实都是在企图着新的说法。在相当长的时间里，从开始作为一个作家，要留言的时候，我们似乎已经习惯了一种说法，即，或是茶社的鼓书人，甚至于街头卖膏药人，哗众取宠，插科打诨,渲染气氛,制造悬念,善于煽情。或是坐在台上的做政治报告的领导人,慢慢地抿茶,变换眼镜,拿腔捏调,做大的手势,慷慨陈词。这样的说话,不管正经还是不正经,说话人总是在人群前或台子上,说者和听者皆知道自己的位置。当现代洋人的说法进入中国后,说话有了一次革命。洋人的用意十分地好,就是打破那种隔着的说法,企图让说者和听者交谈讨论。但是,当我们接过了这种说法,差不多又变了味,如干部去下乡调查,即使脸上有着可亲的笑容,也说着油盐柴米,乡下人却明白这一切只是为了调查而这样的,遂对调查人的作伪而生厌烦。真和尚和要做真和尚是两回事。现在要命的是有些小说太像小说,有些不是小说的小说,又正好暴露了还在做小说。小说真是到了实在为难的境界,干脆什么都不是了。在一个夜里,对着家人或亲朋好友提说一段往事吧。给家人和亲朋好友说话,不需要任何技巧了,平平常常只是真。而在这平平常常只是真的说话的晚上,我们可以说得很久,开始的时候或许在说米面,天亮之前说话该结束了,或许已说到了二爷的那个毡帽。过后想一想,怎么从米面就说到了二爷的毡帽?这其中是怎样过渡和转换的?一切都是自自然然过来的呀!禅是不能说出的,说出的都已不是了禅。小说让人看出在做,做的就是技巧的,这便坏了。说平平常常的生活事,是不需要技巧,生活本身就是故事,故事里有它本身的技巧。所以,有人越是想要打破小说的写法,越是在形式上想花样，适得其反，越更是写得像小说了。因此，小说的成功并不决定于题材，也不是得力于所谓的结构。读者不喜欢了章回体或评书型的小说原因在此；而那些企图要视角转移呀，隔离呀，甚至直接将自己参入行文等等的做法，之所以并未获得预期效果，原因也在此。《白夜》的说话，就是在基于这种说话的基础上来说的。它可能是一个口舌很笨的人的说话，但它是从台子上或人圈中间的位置下来，蹲着，真诚而平常地说话，它靠的不是诱导和卖弄，结结巴巴的话里，说的是大家都明白的话，某些地方只说一句两句，听者就领会了。比如我说："穿鞋吧。"你就把鞋穿了，再用不着我来说人和动物的区别在于穿鞋，鞋的发明人是谁，什么是鞋底，什么是鞋帮，怎么个法儿去穿。这样的说话，我是从另外一部长篇小说开始的，写完《白夜》，我觉得这说法并不别扭，它表面上看起来并不乍艳，骨子里却不是旧，平平常常正是我的初衷。

那部长篇小说完成以后，曾引起纷纷扬扬的对号入座，给了我相当沉重的压力，我却也想，这好嘛，这至少证明了我的一种追求的初步达到：毕竟读者读这部小说使他们觉得他们不是在读小说，而是在知道了曾经发生过的一段故事。它消解了小说的篱笆。当然，小说仍是小说，它是虚构的艺术，但明明知道是小说却不是了小说，如面对着镜子梳头、刮脸或挤脸上的疖子时，镜子的意义已经没有，面对的只是自己或自己脸上的疖子。

现在，我该说明一些与《白夜》有关的事了。

一、在《白夜》里，穿插了许多目连戏的内容，不管我穿插目连戏的意旨如何，而目连戏对于许多读者可能是陌生的。目连救母是一个很古老的民间故事，将目连救母的故事搬上戏剧舞台，可以追溯到北宋时汴梁的杂剧。在近千年的中国文明史上，目连戏以其独特的表现形式，即阴间阳间不分，历史现实不分，演员观众不分，场内场外不分，成为人民群众节日庆典、祭神求雨、驱魔消灾、婚丧嫁娶的一种独具特色的文化现象。它是中国戏剧的活的化石。一九九三年秋天，我来到四川，在绵阳参加中国四川目连戏国际学术研讨会，观看了五台目连鬼戏。我太喜欢目连戏的内容和演出形式，当时竭力搜集有关目连戏的资料。在《白夜》中所写到的部分剧情文字，便是从那次会议上获得的《川剧目连戏绵阳资料集》中，由杨中泉、唐永啸、米泽秀等先生执笔整理的四本目连戏中摘录的。同时，也参照了杜建华女士所著的《巴蜀目连戏剧文化概论》一书中所提供的剧目剧情。在此，向他们致谢。在一九九四年的夏天，我出游到了苏州东山，有幸参观了金家雕花大楼，翻阅了这里的简介材料。《白夜》中所描写的关于民俗馆的建筑的文字，便是引用了这简介材料的部分内容，但我实在不知道这些简介材料为谁整理，在此不能提名道姓，仅做说明并致谢意。一九九三年的十月，突然收到了嘉峪关市一个署名为张三发的来信，他在信中给我倾诉他的苦闷和无奈，同时，信的最后附有一页他所编写的《精卫填海》的寓言，让我更进一步懂得他的心绪。这篇寓言我觉得改写得不错。当然，我们谁也没有见过谁。《白夜》写成后，我将他改写的《精卫填海》的寓言引用在了结尾，我要向这位朋友道谢了。

二、构思《白夜》的时候，我是避在了四川绵阳的一座山上，那是绵阳师专的所在地，山中有校，校里藏山，风景极其幽静。我常常坐于湖边的一块石头上发呆，致使腿上胳膊上被一种叫小咬的蚊子叮得一片一片疙瘩。涌动一部朦胧中的作品，伴随的是巨大的欢乐和痛苦。我明显地消瘦下来，从未失眠过的却从此半夜要醒来一次。但是，在长长的六七个月里，《白夜》的设计，却先后推翻了三次，甚至一次已经动笔写下了三万余字，又彻底否定了。直到一九九四年，住过了半年多的医院，我要写的人事差不多已经全浮在眼前，我决意正式动笔。此时有朋友劝我再到乡下去，说在乡下写作，心里清静。我不去的，我说，大隐于市，我就要在闹市里写《白夜》呀！写作是我的生存方式，写作是最好的防寒和消暑，只要我面对了稿纸，我就会平静如水，安详若佛。而且，西安城里已经有一所可以供我借居的房子了，这是我的母校借我的，他们愿意收留我，我挂了个兼职教授的名儿就心安理得地住了下来。这所房子的所在，正为唐时"太平坊"里"实际寺"的旧址。"实际寺"是当年鉴真和尚受具足戒处，它太适宜于供我养气和写作。从这所房子的北窗望去，古长安城的城墙西南角就横在那里，城墙高耸，且垛口整齐排列，虽然常常产生错觉，以为是待在监狱之内，但一旦看出了那墙垛正好是一个凹字一个凹字一直连过去，心情便振奋不已。房子里过日子的家具是没有的，但有读者赠送我的一支一人多高的巨型毛笔，一把配有银鞘的龙泉宝剑和一架数百年的古琴，这足以使我富有了！每日焚香敬了这三件宝贝，浇淋了粗瓷黑罐里的朋友送来的鲜花，就静心地去写《白夜》。每次动笔，我都要在桌子的玻璃板写上五个字：请给我力量！我喜欢那个动画片中的英雄希瑞，每次默喊着这五个字，如咒语一般，果然奇效倍生。日子就这么一天天过去，病依然在纠缠，官司在接二连三地出现，全书终于让我写完了。不论《白夜》写成是个什么模样，我多么感谢在一九九三、一九九四年间为我治病的医生、护士，感谢去医院和家里给我送饭、送菜、料理日常生活的朋友和读者，感谢始终在鼓励我的人。生活着是美丽的，写作着是欢乐的，人世间有清正之气，就有大美存焉。

书写成后，我并没有立即拿去出版，我习惯让我在西安的一些评论家、作家先读读。我反复说明这样做并不企望他们说什么好话，叮咛他们万万不要对外声张，我只乞求他们以平常心来读这部作品，提出宝贵的意见，因为我要再修改一次。他们的意见提得真好——我幸运我有这样一批同道的朋友，我的许多作品的修改全得益于他们——我认真地进行了第三次修改。一九九五年的三月底，我在一间小小的私人复印室里工作到了夜里四点，第三天就背着沉重的皮箱北上。我来到了京城。京城是大地方，那里有一大批我仰观的人，但我第一个要见的就是我的一个真挚的朋友。我信赖她的见解和对作品的总体把握，我希望她解读我的这本书。我的愿望达到了！她连夜就读稿，几个晚上都熬到三点，一读完就来找我，我们谈了一个下午。这一个下午充满着激情和智慧。我设想，这应该是一幅庄严的油画，将珍存于我的历史档案里。

写到这里，我不能不说明我的内疚。《白夜》在写到一半的时候，许多一直关心我的出版家就来电来函甚至人到西安约稿，因为多年的交情，我不敢慢待这些尊敬的师长和朋友。直到稿子写完，我还不知该交到哪个出版社，但稿子毕竟只能在一家出版社出版，这使我不得不逃避许多朋友，我在此拱手致歉，也以此发奋，勤于写作，在日后回报他们了。愿我们的友谊长驻。

一九九五年四月二十一日

《土门》后记

西安城里有一片街市叫土门。

我给人炫耀：只有西安城里才有这样的地名，这地名多好！但我却说不清土是什么，门是什么，这如我本身就是人，又生活在人群中，却从来解释不清人是什么一样。

于是我翻《现代汉语词典》。第一一六三页写道：土。tǔ ①土壤;泥土:黄~／黏~／~山／~坡／~堆。②土地:国~／领~。③本地的;地方性的:~产／~风／~气／~话/这个字眼儿太~，外地人不好懂。④指我国民间沿用的生产技术和有关的设备、产品、人员等（区别于"洋"）:~法／~高炉／~专家／~洋并举。⑤不合潮流;不开通:~里~气／~头~脑。⑥未熬制的鸦片:烟~。⑦（Tǔ）姓。

第七七五页写道：门。mén①房屋、车船或用围墙、篱笆围起来的地方的出入口：前~／屋~／送货上~。②装置在上述出入口，能开关的障碍物，多用木料或金属材料做成：铁~／栅栏~儿／两扇红漆大~。③（~儿）器物可以开关的部分：柜~儿／炉~儿。④形状或作用像门的东西：电~／水~／气~／闸~。⑤（~儿）门径：窍~／炼钢的活儿我也摸着点~儿了。⑥旧时指封建家族或家族的一支，现在指一般的家庭：满~／双喜临~／张~王氏／长~长子。⑦宗教、学术思想上的派别：儒~／佛~／左道旁~。⑧传统指称跟师傅有关的：拜~／同~／~徒。⑨一般事物的分类：分~别类／五花八~。⑩生物学中把具有最基本最显著的共同特征的生物分为若干群，每一群叫一门，如原生动物门、裸子植物门等。门以下为纲。⑪押宝时下赌注的位置名称，也用来表示赌博者的位置，有"天门、青龙"等名目。⑫量词。a）用于炮：一~大炮。b）用于功课、技术等：三~功课／两~技术。⑬（Mén）姓。

土与地是一个词，地与天做对应，天为阳为雄，地为阴为雌，《现代汉语词典》上这么详细地解释过了，将土和门组合起来，我也明白了《道德经》为什么说"玄之又玄，众妙之门"的话。

我喜欢土门这片街市，一是因为我出生在乡下，是十九岁后从乡下来到西安城里的。乡下人要劳作，饭菜不好，经见又少，相貌粗糙，我进城二十多年了还常常被一些城里人讥笑。他们不承认我是城市人，就像他们总认为毛泽东是农民一样，似乎城市是他们的，是他们祖先的，但查一查他们的历史，他们只是父亲辈，最多是爷爷辈才从乡下到城的。所以，我进城后加紧着要生孩子，我想我孩子就可以正儿八经地做城里人了。第二个原因，是他们不承认我是城里人，我也不同他们论这个名分，但我毕竟不在土地上耕作已是二十多年了，在这么大的一座现代化城市里竟有街市叫土门，真够勇敢，也有诗意，我又是有着玩弄文字欲的作家，就油然而生亲切感了。

这一个夏天，西安特别热，其实西安已经热了好几个夏天了。过去一年中有四季，现在冬天一完就是夏天，夏天一过又是冬天。人进入四十五岁，光阴如流水，这年轮也转快了。我没有春秋的衣服，要么羽绒衣从头到脚把自己裹得严严的只拿眼睛看世界，要么剥个三分之二精光，留三分之一的短裤，把大肚子和细胳膊细腿让世上看。冬天可能使人也去蛰伏的，冬天我不写文章，我老实在家待着，将一副弘一字体的对联贴在门上，拟的是：有茶清待客，无事乱翻书。夏天里我就写作呀，《浮躁》是夏天写的，《废都》是夏天写的，《白夜》是夏天写的，今夏里就写《土门》! 知道我德行的人说我是：在生活里胆怯，卑微，伏低伏小，在作品里却放肆，自在，爬高涉险，是个矛盾人。想一想，也是的，活到现在是四十四年，从事写作是二十一年，文章总是毁誉不休，自己却常能度过厄境。为什么来着？人活在世上的作用不同，像一窝蜂，有工蜂，有兵蜂，也有蜂王，专吃最好的蜜浆，我恐怕命定的就是文人，既然是文人，写文章的规律是要张扬升腾，当然是老虎在山上就发凶发威，而不写文章了，人就是凤凰落架，必定不如鸡的。路遥在世的时候，批点过我的名字，说平字形如阳具，凹字形如阴器，是阴阳交合体。他是爱戏谑我的一位朋友，可名字里边有阴阳该能相济，为何常年忙着生病，是国内著名的病人？我只是在当今气候变了，四季成了两季，于不适应中求得适应罢了。文人如果不热衷于奔走政治权贵的门庭，又不肯钻在象牙塔里制作技巧，要在作品里得大自在，活人就得要能受亏。我患肝病十余年了，许多比我病得轻的人都死去了，我还活着，且渐渐健康，我秘而不宣的医疗法就是转毁为缘，口不臧否人物，多给他人做好事。

在夏天里写《土门》，我自然是常出没于土门街市。或者坐出租车去，坐五站，正好十元。或者骑了自行车，我就哼曲儿，曲儿非常好听，可惜我不会记谱，好曲子就如月光泻地，收不回来了。土门街市上百业俱全，我在那里看绸布，看茶纸，看菜馆，看国药，看酱酒，香烛，水果，铜器，服饰，青菜，漆作裱画命课缝纫灯笼雨伞镶牙修脚。看男人和女人。在小茶楼里看谈生意，领小姐，也红了脸打架。楼窗外边是十字路口的大圆盘，车在那里兜圈子，人在车间穿梭而行，想到那里是水的漩涡，咕咚，人和车，就要掉进去。土门为什么叫土门，历史的沿革里是当年的城乡接合部呢，还是老城里的四面门以外又多了一门？土门有门，门扇却闭着，我想推门进去。

写《土门》有缘就有了一片街叫土门，写累了就逛土门，逛了土门再回来写《土门》。我写作的时候有点像林彪，窗户要拉上窗帘，不要风扇，也不要空调。有龙井，有面条，有烟抽，摘掉电话，内锁房门，写自己愿意写的事，这是多么愉快的事！每日除了逛土门，从早上可以写到晚，屋里只有上帝，上帝就是我。统治我的小说世界的一个是耶稣，一个是魔鬼。

远方的一位女性又来了信，我不知道她长得如何，她也没有写过详细地址，两年来她对我一直是个神秘的人物，她说她总在关注着我，但不要问她是谁，她会在某一天突然而至的。她的署名叫奥娘。奥娘，怪怪的又多有味的名字！奥娘的来信只是问候这个夏天的我，她的信的到来却对我是多大的吉祥呵，因为这一天我终于写完了《土门》。我打开了窗子，屋里的烟雾从我身边往外飘，外边是红阳一片。我望着我开窗放出的野云，说：奥娘，你瞧这个夏天是多么灿烂啊！

这时候，有人在敲门。谁在敲我的门呢？

一九九六年六月三十日夜

《高老庄》后记

今年我将出版我的文集,一共是十四卷,没有包括过去的《废都》和现在完成的《高老庄》。设计封面的曹刚先生在每一卷上以一个字做装饰,他选用了"大风起兮云飞扬,威加海内兮归故乡,安得猛士兮守四方"。这是刘邦的诗,二十三个字。瞬间的感觉里,我立即知道我的一生是能写出二十三卷书的。《高老庄》应该为第十六卷,也就是我在这个世纪的最后一部长篇。

在世纪之末写完《高老庄》,我已经是很中年的人了。人是有本命年的,几乎每一个中国人在自己的本命年里莫不是恐慌惧怕,同样,天地运动也有它的周期性,过去的世纪之末景象如何,我们不能知道,但近几年来全球范围内的频繁的战争、骚乱、饥荒、瘟疫、旱涝、地震、恶性事故和金融危机,使得整个人类都焦躁着。世纪末的情绪笼罩着这个世界,于我正偏偏在中年。中年是人生最身心交瘁的阶段,上要养老,下要哺小,又有单位的工作,又有个人的事业,肩膀上扛的是一大堆人的脑袋,而身体却在极快地衰败。

经历了人所能经受的种种事变(除过坐牢),我自信我是一个坚强的男人,我也开始相信了命运,总觉得我的人生剧本早被谁之手写好,只是一幕幕往下演的时候,有笑声在什么地方轻轻地响起。《道德经》再不被认作是消极的世界观,《易经》也不再是故弄玄虚的东西,世事的变幻一步步看透,静正就附体而生,无所慕羡了,已不再宠辱动心。

一早一晚都在仰头看天,象全在天上,蹲下来看地上熙熙攘攘物事,一切式又都在其中。年初的一个黄昏,低云飞渡,我出门要干事去,当一脚要踏下去的时候,我突然看见了一只虫子就在脚下活活地蠕动,但我的脚因惯性已无法控制,踏下去就把它踏死了。

我站在那里,悲哀了许久,忏悔着我无意的伤害,却一时想到这只虫子是多么像我们人类呀,这虫子正快乐地或愁苦地生活着,突然被踏死,虫子们一定在惊恐着这是一场什么灾难呢。也就在那个晚上,我坐在书房里,脑子里还想着虫子们的思考,电视中正播放着西藏的山民向神灵祈祷的镜头,幕地醒悟这个世界上根本是不存在着神灵和魔鬼的,之所以种种奇离的事件发生,古代的比现代的多,乡村的比城市的多,边地的比内地的多,那都是大自然的力的影响。

类似这样的小事,和这样的小事的启示,几乎不断地发生在我的中年,我中年阶段的世界观就逐渐变化。我曾经在一篇短文里写过这样的话:道被确立之后,德将重新定位。于是,对于文学,我也为我的评判标准和审美趣味的变化而惊异了。

我以前阅读《红楼梦》和《楚辞》,阅读《老人与海》和《尤里西斯》,我欣赏的是它们的情调和文笔,是它们的奇思妙想和优美,但我并不能理解他们怎么就写出了这样的作品。而今重新捡起来读,我再也没兴趣在其中摘录精彩的句子和段落,感动我的已不在了文字的表面,而是那作品之外的或者说隐于文字之后的作家的灵魂!偶尔的一天,我见到了一副对联,其中的下联是:"青天一鹤见精神",我热泪长流,我终于明白了鹤的精神来自于青天!回过头来,那曾令我迷醉的一些作品就离我远去了,那些浅薄的东西,虽然被投机者哗众取宠,被芸芸众生人云亦云地热闹,却为我不再受惑和所骗。对于整体的、浑然的、元气淋漓而又鲜活的追求使我越来越失却了往昔的优美、清新和形式上的华丽。我是陕西的商州人,商州现属西北地,历史上却归之于楚界,我的天资里有粗犷的成分,也有性灵派里的东西,我警惕了顺着性灵派的路子走去而渐巧渐小,我也明白我如何地发展我的粗犷苍茫,粗犷苍茫里的灵动那是必然的。我也自信在我初读《红楼梦》和《聊斋志异》时,我立即有对应感，我不缺乏他们的写作情致和趣味，但他们胸中的块垒却是我在世纪之末的中年里才得到理解。我是失却了一部分我最初的读者，他们的离去令我难过而又高兴，我得改造我的读者，征服他们而吸引他们。

我对于我写作的重新定位，对于曾经阅读过的名著的重新理解，我觉得是以年龄和经历的丰富做基础的，时代的感触和人生的感触并不是每一个人都能深切体会的，即使体会，站在了第一台阶也只能体会到第二台阶，而不是从第一台阶就体会到了第四第五台阶。世纪末的阴影挥之不去的今天，少男少女们在吟唱着他们的青春的愁闷，他们其实并没有多大的愁，满街的盲流人群步履急促，他们唠唠叨叨着所得的工钱和物价的上涨，他们关心的仅是他们自身和他们的家人。大风刮来，所有的草木都要摇曳，而钟声依然是悠远而舒缓地穿越空间，老僧老矣，他并没有去悬梁自尽，也不激愤汹汹，他说着人人都听得懂的家常话。

《高老庄》落笔之后，许多熟人和生人碰见了我，总在问我又写了什么。我能写什么呢，长期以来，商州的乡下和西安的城镇一直是我写作的根据地，我不会写历史演义的故事，也写不出未来的科学幻想，那样的小说属于别人去写，我的情结始终在现当代。我的出身和我生存的环境决定了我的平民地位和写作的民间视角，关怀和忧患时下的中国是我的天职。

但我有致命的弱点，这犹如我生性做不了官（虽然我仍有官衍）一样，我不是现实主义作家，而我却应该算作一位诗人。对于小说的思考，我在许多文章里零碎地提及，尤其在《白夜》的后记里也有过长长的一段叙述，遗憾的是数年过去，回应我的人寥寥无几。

这令我有些沮丧，但也使我很快归于平静，因为现在的文坛，热点并不在小说的观念上，没有人注意到我，而我自《废都》后已经被烟雾笼罩得无法让别人走近。现在我写《高老庄》，取材仍是来自于商州和西安，但我写的绝不是商州和西安，我从来也没承认过我写的就是行政管理意义上的商州和西安，以此延伸，我更是反对将题材分为农村的和城市的甚或各个行业。我无论写的什么题材，都是我营建我虚构世界的一种载体，载体之上的虚构世界才是我的本真。

我终生要感激的是我生活在商州和西安两地，典型的商州民间传统文化和西安官方传统文化孕育了我作为作家的素养，而在传统文化的其中浸淫愈久，愈知传统文化带给我的痛苦，愈对其种种弊害深恶痛绝。

我出生于一九五二年，正好是二十世纪的后半叶，经历了一次一次窒息人生命的政治运动和贫穷，直到现在，国家在改革了，又面临了一个速成的年代。我的一个朋友曾对我讲过，他是在改革年代里最易于接受现代化的，他购置了新的住宅，买了各种家用电器，又是电脑、VCD、摩托车，但这些东西都是传统文化里的人制造的第一代第二代产品，三天两头出现质量毛病，使他饱尝了修理之苦。

他的苦我何尝没有体会呢，恐怕每一个人都深有感触。文学又怎能不受影响，不打上时代的烙印呢？我或许不能算时兴的人，我默默地欢呼和祝愿那些先蹈者的举动，但我更易于知道我们的身上正缺乏什么，如何将西方的先进的东西拿过来又如何作用，伟大的五四运动和五四运动中的伟人们给了我多方面的经验和教训。我在缓慢地、步步为营地推动着我的战车，不管其中有过多少困难，受过多少热讽冷刺甚或误解和打击，我的好处是依然不掉头就走。生活如同是一片巨大的泥淖，精神却是莲日日生起，盼望着浮出水面绽放一朵花来。

《高老庄》里依旧是一群社会最基层的卑微的人，依旧是蝇营狗苟的琐碎小事。我熟悉这样的人和这样的生活，写起来能得于心又能应于手。为什么如此落笔，没有扎眼的结构又没有华丽的技巧，丧失了往昔的秀丽和清晰，无序而来，苍茫而去，汤汤水水又黏黏糊糊，这缘于我对小说的观念改变。我的小说越来越无法用几句话回答到底写的什么，我的初衷里是要求我尽量原生态地写出生活的流动，行文越实越好，但整体上却极力去张扬我的意象。这样的作品是很容易让人误读的，如果只读到实的一面，生活的琐碎描写让人疲倦，觉得没了意思，而又常惹得不崇高的指责，但只谈到虚的一面，阅历不够的人却不知所云。

我之所以坚持我的写法，我相信小说不是故事也不是纯形式的文字游戏，我的不足是我的灵魂能量还不大，感知世界的气度还不够，形而上与形而下结合部的工作还没有做好。人在中年里已挫了争胜好强心，静伏下来踏实地做自己的事，随心所欲地去做，大自在地去做，我毕竟还有七卷书要写。沈从文先生在他的《边城》里写，他或许明日就回来，或许永远也不回来了。我套用他的话，我寄希望于我的第十七卷书，或者就寄希望于那第二十四卷了。

另，文中的碑文参考和改造了由李启良、李厚之、张会鉴、杨克诸先生搜集整理的《安康碑版钩沉》一书，在此说明并致谢。

一九九八年六月十日下午

《怀念狼》后记

一九九八年的六月我写完了《高老庄》,在后记中说:这可能是我本世纪里最后的一部长篇了。此话倒真言中。这一部《怀念狼》,还在写《高老庄》时就谋划于心,原本可以在一九九九年即可写出,却偏偏不能完成,一会儿是这样的事缠身,一会儿又是那样的事耽搁,并且写了作废,废了再写,就是让你在两千年里不得脱稿。可见人的一生写多少文字,什么时候写什么,都不是以人的意志所转移的。别人或许说这是宿命论、唯心主义,但我却有许多体会。我的爱好比较广泛,其中之一是收藏秦、汉、唐年间的陶罐,往往得到一件东西,很快地,必会有同样大小、色泽的另一件东西再得到,以物能引物,我就守株待兔,藏品也日渐丰富。干什么行当干得久了,说本行当的话时,似乎口里总有毒的,上至皇帝的教训是口中不敢有戏言,下至樵夫,上山绝对禁口"滚了"的话。我自以为文章是天地间的事,不敢随便地糟蹋纸和字,更认为能不能写成,写成个什么样儿,不是强为的。

文学不是以时代的推移而论高低、优劣,也与作家的年龄大小无关,曹禺二十多岁写成了《雷雨》,张爱玲一出道就完成了她的文学成熟。有的人十年才磨一剑,有的人倚马千言,不可一概而论。各地有各地特产,比如贵州的酒,云南的烟,山西的醋,嗜酒者当然推崇贵州,但绝不必要认定贵州是人间天堂。

想到了一位画家,是西方的莫兰迪,有文章说他几十年在意大利的小镇上面对了几个罐子作画,画出了了不起的成就,遂也检点起我在《高老庄》写作中的一些困惑。十年前,我写过一组超短小说《太白山记》,第一回试图以实写虚,即把一种意识以实景写出来,以后的十年里,我热衷于意象,总想使小说有多义性,或者说使现实生活进入诗意,或者说如火对于焰,如珠玉对于宝气的形而下与形而上的结合。但我苦恼于寻不着出路,即便有了出路处理得是那么生硬,甚或强加的痕迹明显,使原本的想法不能顺利地进入读者眼中心中,发生了忽略不管或严重的误解。《怀念狼》里,我再次做我的试验,局部的意象已不为我看重了,而是直接将情节处理成意象。这样的试验能不能产生预想的结果,我暂且不知,但写作中使我产生了快慰却是真的。如果说,以前小说企图在一棵树上用水泥做它的某一枝干来造型,那么,现在我一定是一棵树就是一棵树,它的水分通过脉络传递到每一枝干每一叶片,让树整体的本身赋形。面对着要写的人与事,以物观物,使万物的本质得到具现。画家贾科梅蒂讲过他的一个故事,当他在一九二五年终于放弃了只是关注实体之确"有"的传统写实主义绘画后,他尝试了所有的方法,直至那个"早上当我醒过来,房子里有一张椅子搭着一条毛巾,但我却吓出了一身冷汗,因为椅子和毛巾完全失去了重量,毛巾并不是压在椅子上,椅子也没有压在地板上",如隔着透明的水看到了水中的世界。他的故事让我再一次觉悟了老子关于容器和窗的解释,物象作为客观事物而存在着,存在的本质意义是以它们的有用性显现的,而它们的有用性正是由它们的空无的空间来决定的,存在成为无的形象,无成为存在的根据。但是,当写作以整体来作为意象而处理时,则需要用具体的物事,也就是生活的流程来完成。生活有它自我流动的规律,日子一日复一日地过下去,顺利或困难都要过去,这就是生活的本身,所以它混沌又鲜活。如此越写得实,越生活化,越是虚,越具有意象。以实写虚,体无证有,这正是我把《怀念狼》终于写完的兴趣所在啊。

在《高老庄》的后记里,我主要谈了作品之中文字之外的写作人传达出的精神,现在我们十分看重它。当今的中国文学,不关注社会和现实是不可能的,诚然关注社会和现实不一定只写现实生活题材,而即使写了现实生活并不一定就是现实主义。二十世纪末,或许二十一世纪初,形式的探索仍可能是很流行的事，我的看法，这种探索应建立于新汉语文学的基础上，汉语文学有着它的民族性，即独特于西方人的思维和美学。诚然美国及西方的文化风靡，或许有一日全球统一化，但这一日对于中国来说毕竟不是短的日子。

《怀念狼》彻底不是了我以前写熟了的题材，写法上也有了改变，我估计它会让一些人读着不适应，或者说兴趣不大。可它必须是我要写的一部书。写作在于自娱和娱人，自娱当然有我的存在，娱人而不是去迎合，包括政治的，也包括世俗的。

新的世纪里，文坛毕竟是更年轻的作家的舞台，我老了，可我并不感觉过气。《怀念狼》是我新千年里的第一本书，在即将脱稿的时候，到处是庆典的活动，有记者来采访，需要我谈谈感想，我并未因逢上了两千年而欢喜若狂，我说，什么节日似乎与我都没多大的干系。作为一个作家，我就像农民，耕地播种长了庄稼，庄稼熟了就收获，收获了又耕地播种，长了庄稼又收获，年复一年，月复一月，日复一日吧。写完了《怀念狼》，下来肯定又得去充电去谋划去写作了，只祈望着在以后的岁月里，杂事少些，疾病少些，自在多些。

二〇〇〇年一月十六日

《病相报告》后记

一、一个老头

十八年前我在陕南山区采风时伤风感冒，去一个卫生站注射柴胡，患上了乙肝——事后晓得注射柴胡的那个针头扎进过十多个人的屁股，每扎过一次只用酒精棉球擦拭一下——从此在中国的文坛上我成了著名的病人。乙肝是一种可怕的慢性病，它使我住过了西安市内差不多所有的大的医院，身体常年是蔫蔫的，更大的压迫是社会的偏见，住院期间你被铁栅栏圈着与外界隔离，铁栅栏每日还让护士用消毒水洒过，出院了你仍被别人警惕着身体的接触，不吃你的东西，远远地站住和你打招呼。（乙肝病人是人群中的另类，他们惺惺惜惺惺，所以当社会上形成了以友为名的关系网，如战友网、学友网、乡友网，也有了病友网，而病友网总是曾经的乙肝患者。）我曾经写过《人病》一文，疑惑着到底是我病了还是人们都在病了？以此也想着许多问题，比如什么是病呢，嗜好是不是一种病，偏激是不是一种病，还有吝啬、嫉妒、贪婪、爱情……

爱情更是一种病。

我之所以这么认为是我出院后在某一个疗养地认识了一位老头。老头当时已七十岁了，是个知识分子，满肚子的才学，我向他请教有关哲学和文学的问题，他显得十分正大，不能不让我高山仰止。但是，他除了要写作一部革命回忆录外（据说那部革命回忆录始终未能完成），每日要做两种功课：一是锻炼身体，把胳膊攀在树枝上，双腿蜷起，像吊死鬼虫一样荡来荡去；二是给远方的情人写信。一个年龄老朽的人如此狂热爱情，这已经是公开的秘密，大家都不避讳，而且故意逗他，老头那一刻纯真如儿童，脸颊红红的，眼睛放光，说一些很幼稚可笑的话。老头的两种不同的表现令我非常吃惊，我产生了强烈的要了解他的欲望，我几乎每晚都去他的房间，我们一边用蒲扇拍打着叮在腿上的蚊子一边谈黑格尔和《恶之花》，谈着谈着就谈到了他的青年时代和中年时代。他的青年和中年是参加过革命与革命革过他的命的经历，他的爱情就贯穿其中。我原以为可以将他作为模特写一个美丽而有些滑稽的故事的，但愈是了解了他我却不敢触及了，甚至在相处的日子再不戏谑他写情书的行为。老头不是一个坚定的革命党人,这令我们感到些许遗憾,或许是他的性格所致(知识分子是我们民族历来的精英阶层,但绝不是个个都是精英,依我所见,他们有着严重的人格缺陷,乏于独立),但是老头却是活得极真实的人,尤其到了晚年。老头用他一生的苦难完成着一个凄美的爱情故事,这故事对于写书人和读书人或许是一桩幸事,对于老头自己却未免残酷。这如同一头牛耕犁驮运了一生死在了田头和磨道,农人剥下了皮蒙了大鼓而欢庆丰收的喜悦。我想,起码等老头下世后再写吧,老头却一年一年活下来,他健康地活着,我越发觉得我做作家的无耻,这和那些一旦有了某画家的作品就等待着某画家立即死去而准备着高价售画的收藏者有什么不同?

老头的故事就这样一放十数年地搁置了下来。

现在,我与老头完全失去联系,听说他搬迁到了另一个城市,算起来年龄已近九十,可能是不在人世了,而在提笔写他的故事时,更重要的是我也近五十,体证到了自己活着何尝不也是完成一种痛苦呢。生的目的是为了死,而生的过程中老头拥有了刻骨铭心的爱,而我们又有什么呢?当我终于动手写这个故事时,我把故事的梗概讲给了一些朋友听,他们是劝我不要去写的:目下的时代哪里还有爱呢?老头的故事只能显出艺术上的不真实。我有些心不甘,特意去了迪厅,抓回来了我认识的诸位时兴的小女人(我的出现使欢蹦如虫子的舞者都驻足侧目,他们很少见过有如此老的人进入这种场合),并特意接触了一些单身贵族,他们可以随时将女人带回家来,事毕了,抽二张三张纸币塞在女人的口袋让其走人,这些人听我讲述老人的故事,眼圈却红了,哀叹起这个时代再不赋予他们的爱了。他们在哀叹,我想,是真实的。过去的年代爱是难以做的,现在的做却难以有爱,纯真的爱情在冰与火的煎熬下实现着崇高,它似乎生于约束死于自由。

与其说我在写老头的爱情,不如说我在写老头有病;与其说写老头病了,不如说社会沉疴已久。

二、复杂的故事

不管有多少人请著名书法家写"宁静淡泊",悬挂于墙上,压在桌面玻璃下,但肯定是再也出现不了一个陶渊明了。现今的文坛,许多作品标榜着现实主义,实际上写满了现实的回避。那个老头,即便已经去世,他起码活到了九十余岁,他经的事情太多,活出了境界,他应该是一位神仙,我却无力将他写得精粹。在写作的过程中我常常想到这样的问题:李商隐的爱情诗,他的原意是否就是我们现在所理解和诠释的那样?真正的爱情诗它绝不是空泛的,肯定有秘密的心结,是写给自己或最多是另一个人。可李商隐是写给谁的,其中有什么凄苦的故事,我们不知道,我们只欣赏"春蚕到死丝方尽,蜡炬成灰泪始干",句子很美。六月的荷塘里我们看到的是冰清玉洁的莲,我们看不到深水下边的污泥和污泥中的藕。有时也想,梁山伯祝英台的爱情是中国最经典的了,但故事却是那么的简单!这或许是古人的生活很简单,讲的故事也简单,而现在是不能了,现在的人活得太琐碎,任何事情都十分复杂。复杂阻碍故事的流传,可我无能为力。我企图把《病相报告》写得短而又短,或者是一个短篇,或者是一个中篇,但糟糕的是提纲就起草了十多页,我们习惯了要所谓的深刻,要起承转合,要典型环境中的典型人物,看到了山地里的一枝兰,自然要想到这兰在城里珍贵为什么在山中烂贱如草,为什么绿肥红瘦,绿红是从哪儿来的。《病相报告》是要写一个人的一生七十余年,铺设开来,那得有四五十万字!如果四五十万的字数写一个爱情的故事(故事说远,它不发生在古代,古代我没经过读者也没经过,那鬼是好画的;故事说近,它又不是这几年的事,虽然我询问过十位二十二岁左右的青年"四人帮"是谁,他们皆摇头不知,但更多的人却是从各种运动中走过来的,眼里容不得一粒沙子),又要按着时间顺序一一交代清楚,那极可能这个故事陈腐不堪,皇帝穿上了龙袍才是皇帝,美丽的巩俐将一身大红对襟袄穿在身上出现在陕西关中的小镇上,她就是农妇秋菊,没有人找她签名留影了。我于是重起炉灶。我之所以使文中所有的人物统一以第一人称说话,是要将一切过渡性的部分全部弃去,让故事更纯粹。之所以将顺序打乱是想让读者看得真切而又不至于局限于故事。如此写下来，竟然也有十六七万字，我不能不哀叹：我们可能再也无法写出一个简单的故事了。

三、我的尴尬

我喜欢的夏天又要过去了。西安是没有春秋的，在寒风来临之前我修完了《病相报告》就可以去南方走一趟了。西安的冬天是不宜于我的，那看不见的风，总是庄严地流动，落在你的身上却像乱刀在飞。我数年来愈加萌生着去南方居住的念头，可怜的是年迈的母亲和尚未长大的孩子需要照顾，以及又难以割舍的这座城弥漫的古文化的氛围。南方是心身暖和的，我这么想，而我的一位朋友来帮我修理损坏的一页窗扇时，讲了个他的同事的笑话，让我在这个下午笑出了眼泪。笑话是这样的：

××是个瘦子，上了一辆公交车，公交车的一面窗子上玻璃掉了是个空框，但他不知道。这时一个人也来赶车，此人比他还要瘦，就站在窗外，他以为从玻璃上照出了自己，一边看着一边拍脸，说：唉，怎么又瘦出一圈了?!

四、还要干什么

当年，《浮躁》写完，开始写序，写了两个序，这是我的长篇中唯一的一次。在第二个序里，我宣布着写完了《浮躁》

将再不从事《浮躁》类的写法，于是开始了后边的《废都》《白夜》《土门》《高老庄》以及《怀念狼》和这个《病相报告》。在这些长篇里，序是没有了，却总少不了后记。后记里记录了该部作品产生的原因和过程，更多地阐述着自己的文学观。我不是理论家，我的写作体会是摸着石头过河，我把我的所思所想全写在其中了。但我多么悲哀，没人理会这些后记。现在，我又忍不住在即将付印《病相报告》时又要宣布对于《病相报告》写法的厌恶。我是有这个毛病，病得深，我已不指望别人怎么看待我，我说给了我为的是给自己鼓劲，下定决心。

我之所以如此，是我感到了一种不自在，也是我还在《病相报告》未完成前就急不可耐地先写了中篇《阿吉》。

我是这么想的：中国的汉民族是一个大的民族，又是一个苦难的民族，它长期的封建专制，形成了民族的政治情结的潜意识。文学自然受其影响，便有了歌颂性的作品和揭露性的作品。歌颂性的历来受文人的鄙视，揭露性的则被看作是一种责任和深刻，以至形成了一整套的审美标准，故推崇屈原、司马迁、杜甫，称之主流文学。伴随而行，几乎是平行的有另一种闲适的文学，其实是对主流文学的对抗和补充，阐述人生的感悟，抒发心意，如苏轼、陶渊明乃至明清散文等，甚或包括李白。他们往往被称作"仙"，但绝不能入"圣"。由此可见，重政治在于重道义，治国平天下，不满社会，干预朝事。闲适是享受生活，幽思玄想，启迪心智。作品是武器或玉器，作者是战士或歌手，是中国汉民族文学的特点。

而外国呢，西方呢，当然也有这两种形态的作品，但其最主要的特点是分析人性。他们的哲学决定了他们的科技、医学、饮食的思维和方法。故对于人性中的缺陷与丑恶，如贪婪、狠毒、嫉妒、吝啬、啰唆、猥琐、卑怯等无不进行鞭挞，产生许许多多的杰作。愈到现代文学，愈是如此。

我不知道我还能说出些什么，也不知道能否说清，我的数理化不好，喜欢围棋却计算不了步骤。我的好处是静默玄想，只觉得我得改变文学观了。鲁迅好，好在有《阿Q正传》，是分析了人性的弱点，当代的先锋派作家受到尊重，是他们的努力有着重大的意义。《阿Q正传》却是完全的中国的味道。二十多年前就读《阿Q正传》，到了现在才有了理解，我是多么的蠢笨，如果在分析人性中弥漫中国传统中天人合一的浑然之气，意象氤氲，那正是我新的兴趣所在。

二〇〇一年十月七日

《秦腔》后记

在陕西东南,沿着丹江往下走,到了丹凤县和商县(现在商洛专区改制为商洛市,商县为商州区)交界的地方有个叫棣花街的村镇,那就是我的故乡。我出生在那里,并一直长到了十九岁。丹江从秦岭发源,在高山峻岭中突围去的汉江,沿途冲积形成了六七个盆地,棣花街属于较小的盆地,却最完备盆地的特点:四山环抱,水田纵横,产五谷杂粮,生长芦苇和莲藕。村镇前是笔架山,村镇中有木板门面老街,高高的台阶,大的场子,分布着塔、寺院、钟楼、魁星阁和戏楼。村镇人一直把街道叫官路,官路曾经是古长安通往东南的唯一要道,走过了多少商贾、军队和文人骚客,现还保留着骡马帮会会馆的遗址,流传着秦王鼓乐和李自成的闯王拳法。如果往江南岸的峭崖上看,能看到当年兵荒匪乱的石窟。据说如今石窟里还有干尸,一近傍晚,成群的蝙蝠飞出来，棣花街就麻碴碴地黑了。让村镇人夸夸其谈的是祖宗们接待过李白、杜甫、王维、韩愈一些人物，他们在街上住宿过，写过许多诗词。我十九岁以前，没有走出过棣花街方圆三十里，穿草鞋，留着个盖盖头，除了上学，时常背了碾成的米去南北二山去多换人家的苞谷和土豆，他们问："哪里的？"我说："棣花街的！"他们就不敢在秤上捣鬼。那时候这里的自然风景和人文景观依然在商洛专区著名，常有穿了皮鞋的城里人从312国道上下来，在老街上参观和照相。但老虎不吃人，声名在外，棣花街人多地少，日子是极度的贫困。那个春上，河堤上的柳树和槐树刚一生芽，就全被捋光了，泉池里石头压着的是一筐一筐煮过的树叶，在水里泡着拔涩。我和弟弟帮母亲把炒过的干苕蔓在碾子上砸，罗出面儿了便迫不及待地往口里塞，晚上稀粪就顺了裤腿流。我家隔壁的厦子屋里，住着一个李姓的老头，他一辈子编草鞋，一双草鞋三分钱，临死最大的愿望是能吃上一碗苞谷糁糊汤，就是没吃上，队长为他盖棺，说："别变成饿死鬼。"塞在他怀里的仍是一颗熟红苕。全村镇没有一个胖子，人人脖子细长，一开会，大场子上黑乎乎一片，都是清一色的土皂衣裤。就在这一群人里谁能想到有那么多的能人呢。宽仁善制木。本旺能泥塑。东街李家兄弟精通胡琴，夜夜在门前的榆树下拉奏。中街的冬生爱唱秦腔，吃了上顿没下顿的，老婆都跟人去讨饭了，他仍在屋里唱，唱着旦角。五林叔一下雨就让我们一伙孩子给他剥玉米棒子或推石磨,然后他盘腿搭手坐在那里说《封神演义》,有人对照了书本,竟和书本上一字不差。生平在偷偷地读《易经》,他最后成了阴阳先生。百庆学绘画,拿锅黑当墨,在墙上可以画出二十四孝图。刘新春整理鼓谱。刘高富有土木设计上的本事,率领八个弟子修建了几乎全县所有的重要建筑。西街的韩姓和东街的贾姓是棣花街上的大族,韩述绩和贾毛顺的文墨最深,毛笔字写得宽博温润,包揽了全村镇门楼上的题匾。每年从腊月三十到正月十五,棣花街都是唱大戏和闹社火,演员的补贴是每人每次三斤热红苕,戏和社火去县上会演,总能拿了头名奖牌。以至于外地来镇上工作的干部,来时必有人叮咛:到棣花街了千万不敢随便说文写字。再是我离开了故乡生活在了西安,以写作出了名,故乡人并不以为然,甚至有人在棣花街上说起了我,回应的是:像他那样的,这里能拉一车!

就在这样的故乡,我生活了十九年。我在祠堂改作的教室里认得了字。我一直是病包儿,却从来没进过医院,不是喝姜汤捂汗,就是拔火罐或用磁片割破眉心放血,久久不能治愈的病那都是"撞了鬼",就请神作法。我学会了各种农活,学会了秦腔和写对联、铭锦。我是个农民,善良本分,又自私好强,能出大力,有了苦不对人说。我感激着故乡的水土,它使我如芦苇丛里的萤火虫,夜里自带了一盏小灯,如满山遍野的棠棣花,鲜艳的颜色是自染的。但是,我又恨故乡,故乡的贫困使我的身体始终没有长开,红苕吃坏了我的胃。我终于在偶尔的机遇中离开了故乡,那曾经在棣花街是一件惊天动地的事情,记得我背着被褥坐在去省城的汽车上,经过秦岭时停车小便,我说:"我把农民皮剥了!"可后来,做起城里人了,我才发现,我的本性依旧是农民,如乌鸡一样,那是乌在了骨头里的。

我必须逢年过节就回故乡,去参加老亲世故的寿辰、婚嫁、丧葬、行门户、吃宴席,我一进村镇的街道,村镇人并不看重我是个作家,只是说:贾家老四的儿子回来了!我得赶紧上前递纸烟。我城里小屋在相当长的年月里都是故乡在省城的办事处,我备了一大摞粗瓷海碗,几副钢丝床,小屋里一来人肯定要吃捞面,腥油拌的辣子,大疙瘩蒜,喝酒就划拳,惹得同楼道的人家怒目而视。所以,棣花街上发生了任何事,比如谁得了孙子,是顺生还是横生,谁又死了,埋完人后的饭是上了一道肉还是两道肉,谁家的媳妇不会过日子,谁家兄弟分家为一个笸篮致成了仇人,我全知道。一九七九年到一九八九年的十年里,故乡的消息总是让我振奋,土地承包了,风调雨顺了,粮食够吃了,来人总是给我带新碾出的米,各种煮锅的豆子,甚至是半扇子猪肉,他们要评价公园里的花木比他们院子里的花木好看,要进戏园子,要我给他们写中堂对联,我还笑着说:棣花街人到底还高贵!那些年是乡亲们最快活的岁月,他们在重新分来的土地上精心务弄,冬天的月夜下,常常还有人在地里忙活,田堰上放着旱烟匣子和收音机,收音机里声嘶力竭地吼秦腔。我一回去,不是这一家开始盖新房,就是另一家为儿子结婚做家具,或者老年人又在晒他们做好的那些将来要穿的寿衣寿鞋了。农民一生三大事就是给孩子结婚,为老人送终,再造一座房子,这些他们都体体面面地进行着,他们很舒心,都把邓小平的像贴在墙上,给他上香和磕头。我的那些昔日一块套过牛,砍过柴,偷过红苕蔓子和豌豆的伙伴会坐满我家旧院子,我们吃纸烟,喝烧酒,唱秦腔,全晕了头,相互称"哥哥",棣花街人把"哥哥(gē gē)"发音为"哥哥(guǒ guǒ)",热闹得像一窝鸟叫。

对于农村、农民和土地,我们从小接受教育,也从生存体验中,形成了固有的概念,即我们是农业国家,土地供养了我们一切,农民善良和勤劳。但是,长期以来,农村却是最落后的地方,农民是最贫困的人群。当国家实行起改革,社会发生转型,首先从农村开始,它的伟大功绩解决了农民吃饭问题,虽然我们都知道像中国这样的变化没有前史可鉴,一切都充满了生气,一切又都混乱着,人搅着事,事搅着人,只能扑扑腾腾往前拥着走,可农村在解决了农民吃饭问题后,国家的注意力转移到了城市,农村又怎么办呢?农民不仅仅只是吃饱肚子,水里的葫芦压下去了一次就会永远沉在水底吗?就在要进入新的世纪的那一年,我的父亲去世了。父亲的去世使贾氏家族在棣花街的显赫威势开始衰败,而棣花街似乎也度过了它暂短的欣欣向荣岁月。这里没有矿藏，没有工业，有限的土地在极度地发挥了它的潜力后，粮食产量不再提高，而化肥、农药、种子以及各种各样的税费迅速上涨，农村又成了一切社会压力的泄洪池。体制对治理发生了松弛，旧的东西稀里哗啦地没了，像泼去的水，新的东西迟迟没再来，来了也抓不住，四面八方的风方向不定地吹，农民是一群鸡，羽毛翻皱，脚步趔趄，无所适从，他们无法再守住土地，他们一步一步从土地上出走，虽然他们是土命，把树和草拔起来又抖净了根须上的土栽在哪儿都是难活。我仍然是不断地回到我的故乡，但那条国道已经改造了，以更宽的路面横穿了村镇后的塬地，铁路也将修有梯田的牛头岭劈开，听说又开始在河堤内的水田里修高速公路了，盆地就那么小，交通的发达使耕地日益锐减。而老街人家在这些年里十有八九迁居到国道边，他们当然没再盖那种一明两暗的硬梁房，全是水泥预制板搭就的二层楼，冬冷夏热，水泥地面上满是黄泥片，厅间蛮大，摆设的仍是那一个木板柜和三四只土瓮。巷口的一堆妇女抱着孩子，我都不认识，只能以其相貌推测着叫起我还熟悉的他们父亲的名字，果然全部准确，而他们知道了我是谁时，一哇声地叫我"八爷！"（我在我那一辈里排行老八）。我站在老街上，老街几乎要废弃了，门面板有的还在，有的全然腐烂，从塌了一角的檐头到门框脑上亮亮地挂了蛛网。蜘蛛是长腿花纹的大蜘蛛，形象丑陋，使你立即想到那是魔鬼的变种。街面上生满了草，没有老鼠，黑蚊子一抬脚就轰轰响，那间曾经是商店的门面屋前，石砌的台阶上有蛇蜕一半在石缝里一半吊着。张家的老五，当年的劳模，常年披着褂子当村干部的，现在脑中风了，流着哈喇子走过来，他喜欢地望着我笑，给我说话，但我听不清他说些什么。堂兄在告诉我，许民娃的娘糊涂了，在炕上拉屎又把屎抹在墙上。关印还是贪吃，当了支书的他的侄儿家被人在饭里投了毒，他去吃了三大碗，当时就倒在地上死了。后沟里有人吵架，一个说：你张狂啥呀，你把老子×咬了？！那一个把帽子一卸，竟然扑上去就咬×，把×咬下来了。村镇出外打工的几十人，男的一半在铜川下煤窑，在潼关背金矿，一半在省城里拉煤、捡破烂，女的谁知道在外边干什么，她们从来不说，回来都花枝招展。但打工伤亡的不下十个，都是在白木棺材上缚一只白公鸡送了回来，多的赔偿一万元，少的不过两千，又全是为了这些赔偿，婆媳打闹，纠纷不绝。因抢劫坐牢的三个，因赌博被拘留过十八人，选村干部宗族械斗过一次。抗税惹事公安局来了一车人。村镇里没有了精壮劳力，原本地不够种，地又荒了许多，死了人都熬煎抬不到坟里去。我站在街巷的石磙子碾盘前，想，难道棣花街上我的亲人、熟人就这么很快地要消失吗？这条老街很快就要消失吗？土地也从此要消失吗？真的是在城市化，而农村能真正地消失吗？如果消失不了,那又该怎么办呢?

  父亲去世之后,我的长辈们接二连三地都去世,和我同辈的人也都老了,日子艰辛使他们的容貌看上去比我能大十岁,也开始在死去。我把母亲接到了城里跟我过活,棣花街这几年我回去次数减少了。故乡是以父母的存在而存在的,现在的故乡对于我越来越成为一种概念。每当我路过城街的劳务市场,站满了那些粗手粗脚衣衫破烂的年轻农民,总觉得其中许多人面熟,就猜测他们是我故乡死去的父老的托生。我甚至有过这样的念头:如果将来母亲也过世了,我还回故乡吗?或许不再回去,或许回去得更勤吧。故乡呀,我感激着故乡给了我生命,把我送到了城里,每一作想故乡那腐败的老街,那老婆婆在院子里用湿草燃起熏蚊子的火,火不起焰,只冒着酸酸的呛呛的黑烟,我就强烈地冲动着要为故乡写些什么。我以前写过,那都是写整个商州,真正为棣花街写的太零碎太少。我清楚,故乡将出现另一种形状,我将越来越陌生,它以后或许像有了疤的苹果,苹果腐烂,如一泡脓水,或许它会淤地里生出了荷花,愈开愈艳,但那都再不属于我,而目前的态势与我相宜,我有责任和感情写下它。法门寺的塔在倒塌了一半的时候,我用散文记载过一半塔的模样,那是至今世上唯一写一半塔的文字,现在我为故乡写这本书,却是为了忘却的回忆。

  我决心以这本书为故乡树起一块碑子。

当我雄心勃勃在二〇〇三年的春天动笔之前，我奠祭了棣花街上近十年二十年的亡人，也为棣花街上未亡的人把一杯酒洒在地上，从此我书房当庭摆放的那一个巨大的汉罐里，日日燃香，香烟袅袅，如一根线端端冲上屋顶。我的写作充满了矛盾和痛苦，我不知道该赞歌现实还是诅咒现实，是为棣花街的父老乡亲庆幸还是为他们悲哀。那些亡人，包括我的父亲，当了一辈子村干部的伯父，以及我的三位婶娘，那些未亡人，包括现在又是村干部的堂兄和在乡派出所当警察的族侄，他们总是像抢镜头一样在我眼前涌现，死鬼和活鬼一起向我诉说，诉说时又是那么争争吵吵。我就放下笔盯着汉罐长出来的烟线，烟线在我长长的吁气中突然地散乱，我就感觉到满屋子中幽灵飘浮。

书稿整整写了一年九个月，这期间我基本上没有再干别事，缺席了多少会议被领导批评，拒绝了多少应酬让朋友们恨骂，我只是写我的。每日清晨从住所带了一包擀成的面条或包好的素饺，赶到写作的书房，门窗依然是严闭的，大开着灯光，掐断电话，中午在煤气灶煮了面条和素饺，一直到天黑方出去吃饭喝茶会友。一日一日这么过着，寂寞是难熬的，休息的方法就是写毛笔字和画画。我画了唐僧玄奘的像，以他当年在城南大雁塔译经的清苦来激励自己。我画了《悲天悯猫图》，一只狗卧在那里，仰面朝天而悲号，一只猫蹑手蹑脚过来看狗。我画《抚琴人》，题写："精神寂寞方抚琴"。又写了条幅："到底毛颖是吞虏，沧浪随处可濯缨。"我把这些字画挂在四壁,更有两个大字一直在书桌前:"守侯",让守住灵魂的侯来监视我。古人讲:文章惊恐成。这部书稿真的一直在惊恐中写作,完成了一稿,不满意,再写,还不满意,又写了三稿,仍是不满意,在三稿上又修改了一次。这是我从来都没有过的现象,我不知道是年龄大了,精力不济,还是我江郎才尽,总是结不了稿,连家人都看着我可怜了,说:结束吧,结束吧,再改你就改傻了!我是差不多要傻了,难道人是土变的,身上的泥垢越搓越搓不净,书稿也是越改越这儿不是那儿不够吗?

写作的整个过程中,有一位朋友一直在关注着,我每写完一稿,他就拿去复印。那个小小的复印店,复印了四稿,每一稿都近八百页,他得到了一笔很好的收入,他就极热情,和我的朋友就都最早读这书稿。他们都来自农村,但都不是文学圈中的人,读得非常兴趣,跑来对我说:"你要树碑子,这是个大碑子啊!"他们的话当然给了我反复修改的信心,但终于放下了最后一稿的笔,坐在烟雾腾腾的书房里,我又一次怀疑我所写出的这些文字了。我的故乡是棣花街,我的故事是清风街,棣花街是月,清风街是水中月,棣花街是花,清风街是镜里花。但水中的月镜里的花依然是那些生老病离死,吃喝拉撒睡,这种密实的流年式的叙写,农村人或在农村生活过的人能进入,城里人能进入吗?陕西人能进入,外省人能进入吗?我不是不懂得也不是没写过戏剧性的情节，也不是陌生和拒绝那一种"有意味的形式"，只因我写的是一堆鸡零狗碎的泼烦日子，它只能是这一种写法，这如同马腿的矫健是马为觅食跑出来的，鸟声的悦耳是鸟为求爱唱出来的。我唯一表现我的，是我在哪儿不经意地进入，如何地变换角色和控制节奏。在时尚于理念写作的今天，时尚于家族史诗写作的今天，我把浓茶倒在宜兴瓷碗里会不会被人看作是清水呢？穿一件土布袄去吃宴席会不会被耻笑为贫穷呢？如果慢慢去读，能理解我的迷惘和辛酸，可很多人习惯了翻着读，是否说"没意思"就撂到尘埃里去了呢？更可怕的，是那些先入为主的人，他要是一听说我又写了一本书，还不去读就要骂母猪生不下狮子，狗嘴里吐不出象牙。我早年在棣花街时，就遇着过一个因地畔纠纷与我家置了气的邻居妇女，她看我家什么都不顺眼，骂过我娘，也骂过我，连我家的鸡狗走路她都骂过。我久久地不敢把书稿交付给出版社，还是帮我复印的那个朋友给我鼓劲，他说："真是傻呀你，一袋子粮食摆在街市上，讲究吃海鲜的人不光顾，要减肥的只吃蔬菜水果的人不光顾，总有吃米吃面的主儿吧？！"

但现在我倒担心起故乡人如何对待这本书了，既然张狂着要树一块碑子，他们肯让我树吗，认可这块碑子吗？清风街里的人人事事，棣花街上都能寻着根根蔓蔓，画鬼容易画人难，我不至于太没本事，要写老虎却写成了狗吧。再是，犯不犯忌讳呢？我是不懂政治的，但我怕政治。十几年前我写《商州初录》，有人就大加讨伐，说："调子灰暗，把农民的垢甲搓下来给农民看，甭说为人民写作，为社会主义写作，连'进步作家'都不如！"雨果说：人有石头，上帝有云。而如今还有没有这样的人呢？我知道，在我的故乡，有许多是做了的不一定说，说了的不一定做，但我是作家，作家是受苦与抨击的先知，作家职业的性质决定了他与现实社会可能要发生摩擦，却绝没企图和罪恶。我听说过甚至还目睹过，一个乡级干部对着县级领导，一个县级干部对着省级领导述职的时候，他们要说尽成绩，连虱子都长了双眼皮，当他们申报款项，却恓惶了还再恓惶，人在喝风屙屁，屁都没个屁味。树一块碑子，并不是在修一座祠堂，中国从来没有像今天这样渴望强大，人们从来没有像今天需要活得儒雅，我以清风街的故事为碑了，行将过去的棣花街，故乡啊，从此失去记忆。

《高兴》后记之一

——我和高兴

三年前的一个下午,我在家读《西游记》,正想着唐僧和他的三个徒弟其实是一个人的四个侧面,门就被咚咚敲响。在电话普及的年代,人与人见面都是事先要约好的,这是谁,我并没有在这个时候约任何人呀,就故意不立即去开门,要让这不速之客知道我是反感这种行为的。咚,咚,门还在敲,而且声音越来越大,最后是哐的一下,用脚踢了。

我有些愤怒,一把将门拉开,门口站着的却是刘书祯。

他说:哎呀,我还以为你不在家哩!

我说:是你呀,几时进城的?

他说:我已经在城市生活啦!

他的嘴里永远没有正经话,我就笑了,让他进屋坐下,说:书祯,你个嘴儿匠!

他说：你不要叫我书祯，我现在改名高兴了，你得叫我刘高兴！

这就是刘高兴。这也就是我第一次见到过着了城市生活的刘高兴。

如果读了《秦腔》，而且还记得的话，《秦腔》书中的书正就是以他为原型的。我们是一块长大的。小的时候，我并不热惦他，他头发有些卷，鼻孔里老流着黄涕，但我崇拜他大。我们那儿把父亲都叫大，因为他大不是贾族人，叫叔时前边要加上名字，就是五林叔。五林叔不识字，但出口成章，能背戏本子，能讲三国和岳飞大战朱仙镇。尤其一米八的个头，在骂老婆的时候，要盘脚搭手坐在蒲团上，骂得没有火气，却极尽挖苦，妙语连珠，像是在说单口相声。"文革"中我和书祯又是一起从初中辍学回乡务了农，后来他去当兵，我上了大学，再后来我是逢年过节回老家看望父母，他已经在乡政府做起饭，但人家嫌他不卫生，又常常将剩菜剩饭要送回家喂猪，就辞退了他。再再后来，我写我的书，他做过泥水匠，吊过挂面，磨过豆腐，也在三六九日的集市上摆过油条摊子。他几乎什么都干过了，什么都没干出个名堂，日子过得狼狈，村里许多人都在笑话他。但我一回去，他逮住消息了，天晴下雨或黑漆半夜，肯定要跑来看我。我们便嘻嘻哈哈谈说几个小时，不累不困，直到我母亲做过饭一块吃了，他嘴里叼着纸烟，耳朵上再别上一根，才走了。

我喜欢和他说话，他说话有细节。

有一年夏天回去，儿时的伙伴来了几个，却没见他，我问书祯呢，他们说可能在西河地里插秧吧。那时节村里的麦早收过了，秧也开始浇二遍水，书祯竟然才插秧？他们说还不是娃们都小，就他一个劳力，地里活啥时候干到人前去？！到了晚上，月光一片，我去西河滩地看他，地是个窄长溜，他弯着腰在那头插秧，隐隐约约像是鬼影，这边地堰上却放着个收音机，正唱宋祖英。我大声喊他，他哗里哗啦蹚着泥水跑了过来，说：咱回，咱回！我说：你插你的秧！他说：反正黄花菜已经凉了，看它还能凉到哪儿去？他的家就盖在半石硷上，门口没有场地，但门框上还保留着过年时写的对联，一边是：张开口除了吃喝还要笑；一边是：一闭眼都在黑里就睡美。我说：词儿你编的？他说：不对仗。就在牙上刮牙花子，把左联翘起的一角粘上，说：我在村里宣布了，谁揭我房上瓦可以，谁揭这春联，我打断他的腿！

一进院门，他就喊老婆烧开水，说城里人讲究喝开水不喝生水的，把水往滚着烧！开水端上来了，他从柜里取了一包白糖，抓一把就放进去。又对老婆说：快炒上几个鸡蛋来！他老婆愣了，说：咱没养鸡哪儿有鸡蛋？！他说：没鸡蛋？我赶紧圆场说这么晚了吃什么鸡蛋呀。他嘎嘎笑起来，说：你这老婆不会来事，没鸡蛋你就说我给咱借去，你一借再不闪面不就完了，你偏说没鸡蛋！说得我也笑了。他说：不吃鸡蛋了，咱不吃鸡屁下的东西，总得让平凹高兴呀，你把咱钱柜子拉来！老婆还是没配合好，说：钱柜子？他说：母猪还不是钱柜子？没脑子！结果把已经关了圈的猪又放出来，这是头拖着大肚皮的母猪，一赶进屋他就搔猪后腿，母猪立马舒服得卧，乍起了四条腿。而十二个猪崽也一溜带串儿从门槛上往里翻，一翻一个肉疙瘩，一翻一个肉疙瘩。他说：不得了啊，一个猪崽五十八元，五十八元哩，你算算，十二个猪崽是多少钱？

那天我们谈说得非常久，原本他后半夜插秧也没去成。问起村里的事，他说了，咱这儿啥都好，就是地越来越少，一级公路改造时占了一些地，修铁路又占了一些地，现在又要修高速路呀，还得占地，村里人均只剩下二分地了，交通真是大发达了，可庄稼往哪儿种，科学家啥都发明哩，咋不发明种庄稼？他说了，村道里你还看见有几个小伙姑娘？没了，都出去打工了。旧社会生了儿子是老蒋的，生下姑娘是保长的，现在农村人给城里生娃哩！他说了，狗日的×××总算把两间屋拆椽卖了，老婆病成那样，是要人呀还是要钱呀？！他说了，×××终于结束光棍生活了，那女的是三个娃，丈夫从树上摔下来成了瘫子，他被招夫养夫了的，不出力就有三个娃了！他问我有没有认识治精神病的大夫，我说咋啦，他说知道×××吗，我说我记不起了，他说，×××你记不起？就是咱小时偷人家的杏，让人家撵得咱掉到莲菜池里的×××么！我说，×××疯了？他说两口子苦命，成年磨豆腐卖供儿子上大学,儿子大学毕业了不愿意回县来教书,在西安做盲流,文化盲流。这还罢了,那小女儿出外打工,出去了两年没音讯,×××没疯,她老婆疯了,你介绍个大夫给治治,要不我不敢从他们家门口过,她不知了羞耻,动不动不穿裤子往出跑,我眼睛没处瞅么。听了他的话,我就叹息了,他说:你叹息啥哩?我说:农村还这么苦。他说:瞧你,苦瓜不苦那还叫苦瓜?!

先前他来过西安,曾费尽周折寻到了我家,但我去外地开会,回来听孩子讲有一个自称是我同学的人来了,来了一身的土,倒茶不喝,要到水龙头接喝生水,在地板上吐痰,吐了痰,又用脚蹭,说了一堆他们听不明白的话,后来就起身走了。我听了,觉得肯定是刘书祯,就埋怨孩子慢待了他。家乡生活苦焦,苦焦人心事多,最受不了的是城里的亲朋好友慢待。如果你待他们好,他们便四处给你扬名,你是个科长也会说你就是局长,坐小车,住洋房,读砖头厚的书,即便吃豆面糊糊里边也放着人参燕窝。他们还会竭力保护你的老屋,院子里的梨不会少一颗,清明节去上坟,也要在你家的祖坟上培几锨土。如果你慢待了他,他们就永远记仇,你就是在外把事情干得惊天动地,那是你的事,与他们无关,来了人问起你,他们说:噢,他那人呀,该怎么说呢,不说了吧。你回去了,他们避而远之,避不及的,最多说一句你回来了,脚不停就走了。你在老家过什么红白事,摆上酒桌他们不来，来了就提个水桶，吃一碗往水桶里倒半碗，把一桶剩菜剩饭提回去喂猪。我们邻村就有一个在县上当局长的，慢待了老家人，他坐着小车进村，村道里有人铺了席晒苞谷，就是不肯收席让小车过去，而后来小车轮子辗着了苞谷，拦住车须要数着被辗碎的苞谷，一颗赔一元钱，不赔不行。所以，我告诉孩子，以后不管我在家不在家，凡是老家来了人，一定要笑脸相迎，酒饭招待，不要让他们进门换鞋，不要给人家纸烟了又把烟灰缸放在旁边，他们说话要看着他们，认真倾听，乡里人有乡里人的不文明，他们却有城里人没有的幽默和智慧。

我只说孩子慢待了刘书祯，刘书祯再也不会来城里找我了，但他这一次又来了，而且成了刘高兴。

他这次进城投奔的是他的儿子。他的儿子多年前就来到西安打工，在一家煤店里送煤。他的儿子没有继承他和他父亲的乐观幽默，总是沉默寡言，又总是愤愤不平，初中毕业后一直谋着要出外打工，他就让儿子去打工了。他说：父子是冤家，让狗日的去吧，饿不死就算成功了！可当儿子春节回来过年时，儿子却穿了件西服，每次打扑克小赌，输掉一元钱了就从怀里掏出一指厚一沓百元钱来取出一元，然后把那沓钱装进怀里，再输一元钱了，又掏出那沓钱再取出一元。但儿子没有把钱交给他。他说：我这个人民咋就没有个人民币？！也就出来打工了。他已经五十三岁了，一张嘴仍然是年轻的，腰和腿却不行了，跑不快，干活就蔫。他在儿子的煤店里干了一个月，他说和儿子住在那个塑料板搭成的棚子里，热得他夜夜在地上泼了水，铺上张竹席睡，这些他都不在乎，恼气的是儿子和他想法不一样。他是有了钱就攒，儿子有了钱就花，他要儿子把钱交给他了他在老家给儿子盖新房，儿子就是不给。父子俩矛盾了，大吵了一顿，他一气出来单独干，单独干只能拾破烂，他就拾起破烂了。

拾破烂？我可是从来没有关注过这个行业，甚至作想也没有作想过。事后琢磨，虽然我在西安三十多年了，每天都看见城里有拉着架子车或骑着三轮车拾破烂的人，也曾招呼着拾破烂人来家收过旧书刊报纸，但我怎么就没有在脑子里想过这些人是从哪儿来的，为什么来拾破烂，拾破烂能顾住吃喝吗，白天转街晚上又睡在哪儿呢？城市人，也包括我和我的家人，得意我们的卫生间是修饰得多么豪华漂亮，豪华漂亮地修饰卫生间被认为是先进的时尚的文明的，可城市如人一样，吃喝进多少就得屙尿出多少，可我们对于这个城市的有关排泄清理的职业行当为什么从来视而不见，见而不理，麻木不仁呢？这就像我们每时每刻都在呼吸着，却从不觉得自己在呼吸一样吗？我也时常在鼓呼着要有感恩的意识，可平日里感动我们的往往是那类雷锋式的好人好事，怎么就忘记了天上的太阳，地上的清水？！

那天，我们谈论就尽是有关拾破烂的事，而且，他的拾破烂的经历似乎成了他考察了解西安和来西安打工的过程，他见我惊讶的神色越发得意扬扬,盘脚搭手坐在沙发上,一边口水淋滴地吸纸烟,一边慢条斯理地排说。他让我知道了在这个城市打工的哪儿人都有,但因各地的情况又不相同。关中的东府和西府,经济条件相对还好,人也经见得多,他们多是在经济开发区的一些大公司打工。陕北的来人体格高大,又善于抱团,更多的是聚集在一些包工头手下,去盖楼,去筑路,或在宾馆和住宅区里做保安。陕南的三个区域,汉中、安康人貌如南方人,性情又乖巧,基本上都是在一些服务行业做事,如在店铺里卖货,如在饭馆、茶楼、洗脚屋里当服务生。而商州呢,商州是最贫困也最闭塞的地方,既不是产粮区也没有石油煤炭天然气资源,历来当地挣钱的门道就是开一个小饭店,偏又普遍地喜文好艺,尤其注重孩子上学,上学的目的就是早早逃离这山地。比如我们县,三十万人口,年财政收入两千多万,而供大学生上学,每年几乎从民间都要付出一亿元。每年一亿,每年一亿,老百姓就是一捆子谷秆,被榨着被拧着被挤着,水分一滴滴没有了,只剩下一把糠渣。这些学生大学毕业后却极少再回原籍,他们就在城里的一些单位、公司做临时工,不停地跳槽,不停地印制名片。可怜的商州山区水土流失了,仅有的钱被学生带走了,有了知识的精英人才也走了,中国出现了历史上最大的一次人口迁徙,迁徙地就是城市,城市这张大口,将一碗菜汤上的油珠珠都吸了。刘高兴说:新衣服都穿上走了,家里扔下的是破棉袄!商州的经济凋敝不堪,剩下的人也还得出走呀，西安在他们的心中是花花世界，是福地，是金山银海，可出走一没资金，二没技术，三没城里有权有势的人来承携，他们只有干最苦最累最脏又最容易干到的活，就是送煤拾破烂。但凡一个人干了什么，干得还可以，必是一个撺掇一个，先是本家亲戚一伙，再是同村同乡一帮，就都相继出来了，逐渐也形成以商州人为主的送煤群体和拾破烂群体。

　　自从刘高兴来到了我家，我们的往来就频繁了，每到下雨天，下雨天他就空闲了，他说那是他们的节日，要么到我家来，要么叫我去他租住处。从他的口里，我也才知道我们贾姓族里其实有很多晚辈都在城里打工，但他们从来没有和我联系过，或许是我长年不回去和他们隔远了，或许是他们都混得不好，觉得羞愧不愿见到我。我也曾想，即使他们来找我，我虽有文名但无官无权无钱的又能帮他们做些什么呢？刘高兴之所以来找我，他不想求我什么，他也知道我的处境和性情，又因为年龄相近，他需要说话，我需要倾听，所以我们就亲近了。当我有什么大的活动，比如给母亲祝寿，为女儿举办婚礼，我当然得通知他。他的衣着和容貌明显地和所有宾客不一样，就像苹果筐里突然有了一个土豆。但这个土豆是欢乐的，他的大嗓门和类似于周星驰式的笑使大家不习惯，可得知他的身份后惊奇着他的坦然和幽默，又兴致勃勃地与他交谈。他就会说许多乡下的和在城里拾破烂中的奇闻逸事，他说得绘声绘色，等大家都听得一愣一愣的，他却一脸严肃了，说一句很雅的古句，爱读奇书初不记，饱闻怪事总无惊。于是那些教授却感慨了，说：刘高兴，你形象思维好啊，比老贾还好！他说：我在学校的功课是比平凹好，可一样是瓷砖，命运把他那块瓷砖贴在了灶台上，我这块瓷砖贴在了厕所么！然后又是嘎嘎大笑，擦了一下鼻涕，说：我是闰土！我赶紧制止他，说你胡比喻，我可不敢是鲁迅。他说：你是不是鲁迅我不管，但我就是闰土！

他不是闰土，他是现在的刘高兴。

现在的刘高兴使我萌生了写作的欲望。我想，刘高兴和他那个拾破烂的群体，对于我和更多的人来说，是别一样的生活，别一样的人生，在所有的大都市里，我们看多了动辄一个庆典几千万，一个晚会几百万，到处张扬着盛世的繁荣和豪华，或许从他们的生存状态和精神状态里能触摸出这个年代城市的不轻易能触摸到的脉搏吧。当这种欲望愈来愈强烈，告知给我的一位朋友，朋友却不以为然：历史从来是精英创造的，过去是帝王将相才子佳人，现在是管理层的实业界的金融行的时尚群的叱咤风云人物，这样的题材才可能写出主流的作品，才可能写出大的作品。朋友的话是没有错，但我有我的实际情况，以我生存环境和我学识才情的局限，写那样的题材别人会比我写得更好，我还是写我能写的我也觉得我应该写的东西吧。我在这几年来一直在想这样的问题：在据说每年全国出版千部长篇小说的情况下，在我又是已经五十多岁的所谓老作家了，我现在要写到底该去写什么，我的写作的意义到底是什么？我掂量过我自己，我可能不是射日的后羿，不是舞干戚的刑天，但我也绝不是为了迎合和消费去舞笔弄墨。我这也不是在标榜我多么清高和多大野心，我也是写不出什么好东西，而在这个年代的作家普遍缺乏大精神和大技巧，文学作品不可能经典，那么，就不妨把自己的作品写成一份份社会记录而留给历史。我要写刘高兴和刘高兴一样的乡下进城群体，他们是如何走进城市的，他们为何在城市里安身生活，他们又是如何感受认知城市，他们有他们的命运，这个时代又赋予他们如何的命运感，能写出来让更多的人了解，我觉得我就满足了。

在一次会上，有个记者反复地在追问我：你下一部作品写什么呢，下一部作品写什么呢？我不耐烦了，说了我的计划，不想这位记者就在报上发了消息，闹得到处的报纸转载，都知道我要写进城农民工的作品了。而这时，一个陌生人，可能是读者吧，他寄给了我一信，信里什么也没说，只是两个纸条，一条写着："看山是山，看水是水，看山不是山，看水不是水，看山还是山，看水还是水。"一条写着："每有制述多用新事，并以文采妙绝当时。"这些话都是古人的话，而陌生人这个时候将此话抄寄给我，我知道这是提醒，这是建议，这是鼓励和期望。这就让我感动，也很紧张，有了压力。原本动笔写便觉得我仅仅了解刘高兴而并不了解拾破烂的整个群体，纯是萝卜难以做出一桌菜的，我得稳住，我得先到那些拾破烂的群体中去。

于是，我开始了广泛了解拾破烂群体的工作。这项工作我请了文友孙见喜先生给予帮忙，因为以前听他说过，他的老家村里几乎有三分之一的人在西安拾破烂。老孙也是商州人，好冲动又极热心，他立即联系在西安拾破烂的一个亲戚，并实话实说是我想去他们租住处看看。这位亲戚第一个反应是：贾平凹？是那个写书的吗？老孙说：你还知道贾平凹呀，是他，他想去看看你们。这位亲戚沉默了，说：他来看我们？像看耍猴一样看我们？！老孙说：不，他不是那样。这位亲戚说：要是作为乡里乡亲的，他啥时来谝都行，要是皇帝他妈拾麦图个好玩，那就让他不要来了。

老孙把这话转达给我，我想起了以前摄影界曾引起了一场争论的一件作品。那个作品是一个骑自行车人在马路上摔倒的瞬间，画面极其生动，艺术性非常地高，但这个作者是为了拍这张照片，特意在马路上挖了一个洞而隐身于旁拍摄的。我告诉老孙：咱们虽然是为了更丰富写作素材去了解他们的，但去了就不要再想着要写他们，也不要表现出在可怜他们同情他们甚至要拯救他们的意思，咱们完全是串门。我们就去了，没有带笔记本，没有带录音机，也没有带照相机，而是所有口袋里都装了纸烟。

那是一个傍晚，我们按照老孙亲戚提供的地址寻去，没想在西安南郊城乡接合部的村子是那么多，这个村子和那个村子又没特别的标志，我们竟进入了另一个村子，这村子又有几十条巷道，两个小时过去了还没寻出个眉目。去问路灯下那个蹴着吃纸烟的人：这村里有没有个叫×××的租住户？那人说：满天都是星星，你问哪个？我又问：住没住拾破烂的？那人说：前边那条巷里都是拾破烂的！我们走进去，果然巷道里有许多架子车，有妇女在那里分类着破烂，而两个男的端了碗在门口灯下吃饭，苞谷糁稀饭里煮着土豆，土豆没有切，吃的时候眼睁得老大。我们问知道不知道个×××的，只摇头，不说话。钻进一个院子，四边的房像个炮楼，几十户人家门上都吊个门帘，看着如中药店的药屉，老孙放声喊：×××！有人揭了门帘出来倒水，说屋里有个病人哩，你不要喊。老孙说：我找×××。那人说：这里没个×××。

我们到底没有寻到×××。但是，也就在那一夜，我们以找乡党为名，钻进了十多个院子，接触了十五六个拾破烂的人，看了他们住的怎样，吃的什么，大致询问了他们各自的进城的原因、时间和收入状况。他们大多目光警惕，言语短缺，你让他多说些，他说这有啥说的或说我不会说，咪啦一笑就躲开了。他们中没个刘高兴，这让我遗憾。还好，最巷头的那个院子里一个瘸子健谈，他接过了我给他的一包纸烟，拆开了就天女散花一样分别给站在各个门口的人扔去一根，扔去的纸烟没有一根不被在空中接住，然后就围过来说：吓，贵纸烟么！

瘸子说他是老破烂,来西安十年了,院子里的人都是他先后从村里带出来的,就像当年闹革命,一个当红军了,就拉了一帮人当了红军,现在他们村就叫破烂村。老孙说我们老家村里有个老者,儿子孙子里七个人当兵,人叫老者是兵种,那你是破烂种了!没想一句笑话,站在另一个门口的妇女却说:他算什么破烂种,连个老婆还没有哩!说得瘸子顿时尴尬,领我们到他的住屋,一边拍打着床沿上的土让我们坐,一边说:我又不是没有过老婆,我是有过三个老婆哩,合不来,都是不到一年我就撵走了。那是肮脏不堪的十平方米的小屋,没有窗户,味道难闻。老孙翻人家的被褥,揭人家的锅盖,又把人家晾在床头木板上的几块干馍掰开来说霉成这样了还能吃呀,再就是在枕头底下发现了一本杂志,老孙说:还看杂志?他说:看么。老孙说:知道不知道有个作家……我忙制止了老孙,把杂志拿过来,杂志上却有一半张页粘在一起揭不开。问怎么粘成这样,他一时脸面通红,支支吾吾说睡下胡思乱想哩就动了手,又嫌弄脏了褥子,就……把杂志夺过去又塞进枕头下。我没有反感他,也没有说什么话取笑他。我问了他的名字,他说白殿睿,不是建设的建,是宫殿的殿。名字起得很文雅。

我记住了白殿睿,过后又去找过他几次,他已经是拾破烂中的老油条了,我拿给他一条纸烟,他要把他拾来放在床头的一扇铝窗送我,我没接受。他问我是干啥的,是不是记者,是记者了给他拍个大照片，登到报上多好。但再次去我拿了照相机，他却病了，拉肚子拉得爬在床上不得起来，拒绝了我给他照相。

而老孙的那个亲戚，我们再次联系，终于弄清了那个城中村的位置，这次同我和老孙去的还有一位美术教授，他有私家车，说他也想画画拾破烂的人。车一到村口，×××已经在那里张望，穿了双皮鞋，但腿老弓着。老孙说：这鞋是拾的吧？他说：哪能拾到这么新的鞋，人家送的，本来要留给儿子的，你们要来就穿上了，有些小。却低声问：穿西服的是贾平凹？老孙说不是，用手指我。他说：个子不高么！我当然还是带着纸烟，但他说他把烟戒了。进巷道，入一户院门，后边是一座六层简易楼，×××就住在顶层，而顶层一共七个房间，分别住了他的六家亲戚。他们都是才从街上回来，正生火做饭。我去每一家看的时候，他们也都是笑脸。后来我们就坐在×××的屋里，屋里小得打不开转身，天又热，一股子鞋臭味。美术教授就待不住了，他说他下去转转，要走的时候给他打个电话。美术教授是没在农村生活过，我生活过，我就脱了鞋坐上了床，问这房的租金，问他在哪条街上拾破烂，那么远的路早晨怎么去晚上怎么回来，就自己取了碗从保温瓶里要倒水喝。他脸上活泛多了，但回答我的话都是些通用话，比如，他说这租金合适，我们能接受，在朱雀门外那一带拾破烂，收入挺好，他有一辆自行车早上带老婆进城，架子车都是存在收购站上的，日子比才来时好，日子会越来越好。老孙说：你不要那么正经，你想说什么就说什么，胡谝！他说：还真胡谝呀？我说：胡谝！三个人就都笑了。我们就乱七八糟地胡谝了，他竟是那样健谈，虽然没有刘高兴说得那么形象，但拾破烂中的一些事记得很准确，一件一件连时间地点都说得清，我先还真会逗引，逗着他说，后来完全浸沉在他的故事中，随着他的高兴而高兴，随着他的难过而难过。他老婆在门外炉子上做饭，进来说：你只排夸你出五关斩六将哩，咋不说你走麦城！你出来。他出去了，又进来说：老婆问你们吃了没，没吃了就在我这儿吃？我说：就在你这儿吃。他就对老婆说：在咱这儿吃哩，你去村商店买些挂面。我赶紧说：买什么挂面？做啥我吃啥。我就又问了怎么个走了麦城。他讲了三宗，一宗是他在建筑工地被人家打了一顿，一宗是被街上的混混骗了三百元，一宗是被市容队收没了架子车。饭做熟了，是熬了一大锅的苞谷糁稀饭，给我盛了一大海碗，没有菜，没醋没辣子，说有盐哩，放些盐吧，给我面前堆上了一纸袋盐面。筷子是他老婆给我的，两根筷子粘连在一起，我知道是没洗净，但我不能说再洗一下，也不能用纸去擦，他们能用，我也就用，便扒拉着饭吸吸溜溜吃起来。×××一直是看着我吃，把那个风扇从床下取出来，那是个排气扇，吹过来的风是一股子，而且电线断了几处重新接上没缠绝缘胶布，我担心他触上了电，他说：没事。不停地转动着排气扇的方位给我吹。我把一大海碗饭吃完了，他说：够了没？我说：够了。他说：我估摸你也够了。

老孙的这位亲戚，后来虽然和我称不上朋友，却绝对成了熟人，他常到老孙那儿去，而他一去，老孙必定会给我电话，我也就去了。他有时拿着一些拾来的好东西送给我们，比如一个笛子，一个老式的眼镜盒，我们付给他一百元钱。他知道我喜欢收藏，有一次拿来了一个小黑陶罐，以为是个古董送我，我欣然接受，但我知道那是个几年前才烧制的罐子。我给他付钱的时候，他坚决不要，却说：要是今日我只收入十元钱，那我会收你的钱的，可我今日已经收入了十八元了，这就够够的了，我只求你帮个忙。原来他的一个兄弟拾破烂时把架子车停放在了马路边，而那一段马路立了牌子不准人力车通过，他兄弟不识字停放了，市容队就拉走了架子车，他兄弟去讨要，市容队说罚五百元了才能把架子车拉走。他求我能不能帮着把架子车要回来。

我说：我给你要回来。

他说：真能要回来了，我请你喝酒！

其实我和老孙哪儿有疏通市容队的能力呀，但我必须得帮他要回架子车，就叫来了电视台的一个朋友，商量出一个计谋：让他带着摄像机，如果他们不给架子车，便威胁着媒体要曝光这种粗暴对待弱势群体的行为。我们是一路上都在给自己壮胆，可万万没想到去了市容队，那里竟有人认出了我，对我的到来兴奋不已，我成了座上宾。那就好，寒暄之后，我便说了情况,架子车不费吹灰之力要回来了。×××激动地抱住我,说我牛,牛得很,并要了我的名片,说以后谁再欺侮他,他就拿出我的名片,说他是我的表哥。便问我:我能说是你的表哥吗?我说:是表哥!

几个月后,我终于写起拾破烂人的故事了。

但我没有想到,写起来却是那样的不顺手,因为我总是想象着我和刘高兴、白殿睿以及×××的年龄都差不多,如果我不是一九七二年以工农兵上大学那个偶然的机会进了城,我肯定也是农民,到了五十多岁了,也肯定来拾垃圾,那又会是怎么个形状呢?这样的情绪,使我为这些离开了土地在城市里的贫困、卑微、寂寞和受到的种种歧视而痛心着哀叹着,一种压抑的东西始终在左右我的笔。我常常是把一章写好了又撕去,撕去了再写,写了再撕,想为什么中国会出现打工的这么一个阶层呢,这是国家在改革过程中的无奈之举、权宜之计还是长远的战略政策,这个阶层谁来组织谁来管理,他们能被城市接纳融合吗?进城打工真的就能使农民富裕吗?没有了劳动力的农村又如何建设呢?城市与乡村是逐渐一体化呢还是更加拉大了人群的贫富差距?我不是政府决策人,不懂得治国之道,也不是经济学家有指导社会之术,但作为一个作家,虽也明白写作不能滞止于就事论事,可我无法摆脱一种生来俱有的忧患,使作品写得苦涩沉重。而且,我吃惊地发现,我虽然在城市里生活了几十年,平日还自诩有现代的意识，却仍有严重的农民意识，即内心深处厌恶城市，仇恨城市，我在作品里替我写的这些破烂人在厌恶城市，仇恨城市。我越写越写不下去了，到底是将十万字毁之一炬。

我不写了，我想过一段时间再写。恰好这一段时间发生了一件特大的事，几个月就再没去摸笔。事情还是出在老孙的那伙拾破烂的同乡里，一个老汉，其实比我也就大那么几岁，他们夫妇在西安拾破烂时，其女儿就在一家饭馆里端盘子，有人说能帮她寻一个更能挣钱的工作，结果上当受骗，被拐卖到了山西。老汉为了找女儿，拾破烂每当攒够两千元就去山西探，先后探了两年，终于得知女儿被拐卖在五台县的一个小山村里。老汉一直对外隐瞒着这事，觉得丢人，可再要去解救女儿时没了路费，来借钱，才给我和老孙说了。我和老孙埋怨他出了这么大的事为什么不及时报案，也为什么不给我们说，而且凭你单枪匹马一个人去能把人解救回来？我们当即带他去报案，但他租住地的派出所却以他不是当地户口为理由不理睬这事，是老汉和他们吵了一场，案是报上了，派出所却强调要让去解救可以，但必须提供准确无误的被拐卖人的地址，并提供最少五千元的出警费。为了确凿地址，老汉再次去了五台县，我们给他出主意，叮咛如果查访到女儿，一定要稳住那家人。十几天后他回来了，哭着给我们说：我只说咱商州穷，五台县的深山野洼里比咱那儿还穷，一年四季吃不上白馍。咱女儿年纪那么小，整天像牲畜一样被绳子拴在屋里,已经给人家生了个娃了……他哭,我和老孙也流眼泪,拿了钱去给派出所,派出所却说当时警力不够,要等一个月后才能抽出人手。我和老孙又联系老孙老家的派出所,那里的派出所有认识的人,派出所所长答应亲自去解救,花销还可以减到三分之二。几番折腾后,组成了解救队伍就出发了。那个晚上,按计划是应该到了五台县的村,被拐卖的女儿能不能见到,那家人和村民会不会放人,可能发生械斗吗,去的车辆夜里走山路能安全吗,我和老孙心都悬着,一直守在电话机旁,因为事先约好,人一解救出来就及时通报我们的。九点钟没有消息,十点钟没有消息,十一点了还没有消息,老孙拿出一小筐花生,说:应该没事,派出所所长有经验,他解救过三个被拐卖的妇女哩。我们就以吃花生缓解焦虑,但花生已吃完了,花生皮也一片一片在手里都捏成了碎末,十二点半电话仍不响。我说:电话是不是有毛病?检查了一遍,线都好着,拿手机打了一次,立即就响了。老孙的母亲一直也陪着我们,七十多岁的人了,紧张得就哭起来,说那女儿多水灵的,怎么就被四十多岁的丑男人强迫着做媳妇生娃娃,如果这次失败了,肯定人家就转移了那女儿,那就永远不得回来了!老孙说:你不要说么,你不要说么!他母亲还在说,老孙就躁了,母子俩都生了气,屋子里倒一时寂静无声,只有墙上的钟表嗒嗒嗒地响。到了十二点二十一分,电话铃突然响了,老孙去接电话,老孙的母亲也去接电话,电话被撞得掉在了地上。电话是派出所打来的，只说了一句：成功啦，我们正往沟外跑哩！我和老孙大呼小叫，惊得邻居以为发生了什么事，咚咚地过来敲门。到了一点，老孙说他想吃一碗面条，他母亲竟然就擀起面来，结果老孙吃了两碗，我吃了两碗。

这次成功解救，使我和老孙很有成就感，我们三天内见了朋友就想说，但三天后老汉来感谢我们，说了解救的过程，我们再也高兴不起来。因为解救过程中发生了村民集体疯狂追撵堵截事件，他们高喊着：我们为什么就不能有老婆？买来的十三个女人都跑了，你让这一村灭绝啊？！后来就乱打起来，派出所所长衣服被撕破了，腿上被石头砸出了血包，若不是朝天鸣枪，去解救的人都可能有生命危险，老汉的女儿是跑出来了，而女儿生下的不足一岁的孩子没能抱出来。这该是怎样的悲剧呀，这边父女团圆了，那边夫妻分散了，父亲得到了女儿，女儿又失去了儿子。我后来再去老汉那儿，老汉依然在拾破烂，他的女儿却始终不肯见外人。

我还是继续去那些拾破烂人租住的村巷，这差不多成了一种下意识，每每到城南了，就要拐过去看看，而在大街上碰上拾破烂的人了也就停下来拉呱几句，或者目视着很久。差不多又过去了一年，我所接触和认识的那些拾破烂人，大都还在西安，还在拾破烂，状况并无多大改变。而那个供着孩子上大学的，孩子毕业了，但他患上了严重的哮喘病，已不能再拾破烂又回到老家去。其中有一个攒了钱,与人合伙在县城办了个超市,还在老家新盖了一院房。他几乎是拾破烂人的先进榜样,他的事迹被他们普遍传颂。当然,也有死在西安的。死了三个,一个是被车撞死的,一个是肝硬化病死,一个是被同伴谋财致死。

当那个被同伴谋财致死的消息见诸了报纸后,我去了白殿睿租住的那个村子,白殿睿不在,碰上了一个年轻人,他是拾了两年破烂,我们说起那个被致死的人,他说他见过那个人,他想不通受害人拾了十年破烂积攒了十万元为什么不在西安买房呢。我说:那你有了钱就首先买房吗?他说:肯定要买房!买不了大的买小的,买不了新的买旧的,买不了有房产证的买没房产证的!我说:再不回老家啦?他说:我出来就在村口的碾盘前发了血誓,再也不回去!

刘高兴当然还在西安,身体似乎比以前还要好,他是一半个月回去照料一下地里的庄稼,然后又来到西安,每次来了不是给我个电话说他又来了,就是冷不防地来敲门。他还是说这说那,表情丰富,笑声爽朗。

我就说了一句:咋迟早见你都是挺高兴的?

他停了一下,说:我叫刘高兴呀,咋能不高兴?!

得不到高兴而仍高兴着,这是什么人呢?但就这一句话,我突然地觉得我的思维该怎么改变了,我的小说该怎么去写了。本来是以刘高兴的事萌生了要写一部拾破烂人的书,而我深入了解了那么多拾破烂人却使我的写作陷入了困境。刘高兴的这句话其实什么也没有说,真是奇怪,一张窗纸就砰地捅破了,一直只冒黑烟的柴火忽地就起了焰了。这部小说就只写刘高兴,可以说他是拾破烂人中的另类,而他也正是拾破烂人中的典型,他之所以是现在的他,他越是活得沉重,也就越懂得轻松,越是活得苦难他才越要享受着快乐。

我说:刘高兴,我现在知道你了!

他说:知道我了,知道我啥?

我说:你是泥塘里长出来的一枝莲!

他说:别给我文绉绉地酸,你知道咱老家砖泥窑吗,出窑的时候脸黑得像锅底,就显得牙是白的。

是的,在肮脏的地方干净地活着,这就是刘高兴。

他说得比我好,我就笑了,他也嘎嘎地笑。那天我们吃的是羊肉泡馍。

我重新写作。原来的书稿名字是《城市生活》,现在改成了《高兴》。原来是沿袭着《秦腔》的那种写法,写一个城市和一群人,现在只写刘高兴和他的两三个同伴。原来的结构如《秦腔》那样,是陕北一面山坡上一个挨一个层层叠叠的窑洞,或是一个山洼里成千上万的野菊铺成的花阵,现在是只盖一座小塔只栽一朵月季,让砖头按顺序垒上去让花瓣层层绽开。

我很快写完了书稿,写完了书稿是多么轻松呀,再没有做最后的修改，我就回了老家一次。老家的那条一级公路在改造之后，许多路段从丹江北岸移转到了南岸，过去的几十年老是从北岸的路上走，看厌了沿途的风光，而从南岸走，山水竟然是别一样的景致。每次回老家，肯定要去父亲的坟上烧纸奠酒，父亲虽然去世已有十八年，痛楚并没有从我心上逝去，一跪到坟前就止不住地泪流满面。这一次当然不能例外，但这一次我看见了父亲的坟地里一片鲜花。我的弟弟一直在父亲的坟地里栽种各类花木，而我以往回去都不是花季，现在各种形态各种颜色的花都开了，我跪在花丛中烧纸，第一次感受到死亡和鲜花的气息是那样的融合。我流着泪正喃喃地给父亲说：《秦腔》我写了咱这儿的农民怎样一步步从土地上走出，现在《高兴》又写了他们走出土地后的城里生活，我总算写了……就在这时，一股风吹了过来，花草摇曳，纸灰飞舞，我愣了半天，蓦地又觉得《高兴》还有哪儿不对。从坟地出来，脑子里挥之不去的仍是父亲坟地里死亡和鲜花的气息，考虑起书稿中虽然在那么多拾破烂人的苦难的底色上写着刘高兴在城市里的快活，可写得并不到位，是哪儿出了问题，是叙述角度不对？我当然还没有想得更明白，但已严重地认为小改动是不行的，要换角度，要变叙述人就得再一次书写。

我终止了还要到商州各县去走一圈的计划，急匆匆返回西安，开始了第五次写作。这一次主要是叙述人的彻底改变，许多情节和许多议论文字都删掉了,我尽一切能力去抑制那种似乎读起来痛快的极其夸张变形的虚空高蹈的叙述,使故事更生活化,细节化,变得柔软和温暖。因为情节和人物极其简单,在写的过程中常常就乱了节奏而显得顺溜,就故意笨拙,让它发涩发滞,似乎毫无了技巧,似乎是江郎才尽的那种不会了写作的写作。

这期间,刘高兴又来过几次,他真是个奇怪的人,他看我平日弄些书画玩的,他竟也买了笔墨在旧报纸上写起了书法,就一张一张挂在他租住的屋里。更令我吃惊的是他知道了我以他为原型写这本书,他也开始了要为我写文章,在一个纸本上用各种颜色的笔写出了我和他少年时期的三万字的故事。我读了那三万字,基本上是流水账式的,错别字很多,但过去的事写得活灵活现。我能对他说什么呢,写这样的文章发表肯定是不行的,他在那样的条件下写了只能是一种浪费精力和时间,可我能让他不写吗?我说了这样的话:刘高兴,如果三十多年前你上了大学留在西安,你绝对是比我好几倍的作家。如果我去当兵回到农村,我现在即便也进城拾破烂,我拾不过你,也不会有你这样的快活和幽默。

但是,就在我写到了四分之三时,一个不好的消息传来,几乎使我又重新改写。那是一个文友来聊天,我一激动,就给他念写好的前三章,他突然说:你开头写了民工背尸回乡的事?我说：这开头好吧。他说：这材料是哪儿来的？我说：是看了凤凰卫视上的一则报道而改造的。他说：你看过电影《叶落归根》没？我说：没看过，怎么啦？他说：《叶落归根》就写了背尸的事。我一听脑袋大了，忙问那电影是怎么个样儿，这位文友详细讲了电影的故事情节，我心放下了。电影可能也是看到了那个报道，但电影纯粹演义了背尸的过程。我的小说仅仅是做了个引子罢了。文友说你最好改改，我不改，在2005年我在初稿中就这么写了，怎么改呢？电影是他的电影，小说却绝对是我的小说，骡子和马那是两回事。

又是过了二十多天吧，那天雨下得哗哗哗，我正在写小说的结尾，电话响了，我烦这时候来电话，不去接，可过一会电话又响了。我拿起电话，说：谁？！声音传过来是刘高兴，他说：怎么不接电话呀？我说：我正忙着……他说：知道你忙，我不能贸然去敲门，可我打电话约时间你又不接！忙什么，是不是忙着写我，什么时候写完呀？我说：快完了，还得再小改小改。他说：你写东西还这么艰难，我可写完你的传记了！说完他在电话里嘎嘎嘎地大笑。

其实他就在我的楼下打电话。

于是我放下笔，开门，刘高兴就湿漉漉地进来了。

二〇〇七年五月二十七日

《高兴》后记之二

——六棵树

回了一趟老家,发现村子里又少了几种树。我们村在商丹川道是有名的树园子,大约有四十多种树。自从炸药轰开了这个小盆地西边的牛背梁和东边的烽火台,一条一级公路穿过,再接着一条铁路穿过,又接着修起了一条高速公路,我们村子的地盘就不断地被占用。拆了的老院子还可以重盖,而毁去的树,尤其是那些唯一树种的,便再也没有了,这如同当年我离开村子时那些上辈人使用的那些农具,三十多年里就都消绝了。在巷道口我碰到了一群孩子,我不知道这都是谁家的子孙,问:知道你爷的名字吗?一半回答是知道的,一半回答不知道,再问:知道你老爷的名字吗?几乎都回答不上来。咳,乡下人最讲究的是传承香火,可孩子们却连爷或老爷的名字都不知道了。他们已不晓得村子里的四十多种树只剩下了二十多种,再也见不上枸树、槲树、棠棣、栎、桧、柞和银杏木、白皮松，更没见过纺线车、鞋耙子、捞兜、牛笼嘴、曳绳、连枷、檐簸子。记得小时候我问过父亲，老虎是什么，熊是什么，黄羊和狐狸是什么，父亲就说不上来，一脸的尴尬和茫然。我害怕以后的孩子会不会只知道了村里的动物只是老鼠苍蝇和蚊子，村里的树木只是杨树柳树和榆树。所以，就有了想记录那些在三十年间消绝的花草树木、飞禽走兽、农耕用具的欲望。

现在，我先要记的是六棵树。

皂角树。我们从村子分碥上碥下，这棵皂角树就长在碥沿上。树不是很大，似乎老长不大，斜着往碥外，那细碎的叶子时常就落在碥根的泉里。这眼泉用石板箍成三个池子，最高处的池子是饮水，稍低的池子淘米洗菜，下边的池子洗衣服。我小时候喜欢在泉水里玩，娘在那里洗衣服，倒上些草木灰，揉搓一阵子了，抡着棒槌啪啪地捶打。我先是趴在饮水池边看池底的小虾游来游去，然后仰头看皂角树上的皂角。秋天的皂角还是绿的，若摘下来最容易捣烂了去衣服上的垢甲，我就恨我的胳膊短，拿了石子往上掷，企图能打中一个下来，但打不中，皂角树下卧着的狗就一阵咬，秃子便端个碗蹴在门口了。

皂角树是属于秃子家的，秃子把皂角树看得很紧。那年月，村人很少有用肥皂的，皂角可以卖钱，五分钱一斤。秃子先是在树根堆了一捆野枣棘，不让人爬上去，但野草棘很快被谁放火烧了，秃子又在树身上抹屎，臭味在泉边都能闻见，村人一片骂声，秃子才把屎擦了。他在夹皂角的时候，好多人远远站着看，盼望他立脚不稳，从碥上摔下去。他家的狗就是从碥上摔下去过，摔成了跛子，而且从此成了亮鞭。亮鞭非常难看，后腿间吊着那个东西。大家都说秃子也是个亮鞭，所以他已经三十四五了，就是没人给他提亲。

秃子四十一岁上，去深山换苞谷，我们那儿产米，二三月就拿了米去深山换苞谷，一斤米能换二斤苞谷，秃子就认识了那里一个寡妇。寡妇有一个娃，寡妇带着娃就来到了他家。那寡妇后来给人说：他哄了我，说顿顿吃米饭哩，一年到头却喝米角粥！

但秃子从此头上一年四季都戴个帽子，村里传出，那寡妇晚上睡觉都不允他卸下帽子，邻居还听到了，寡妇在高潮时就喊：卫东，卫东！村人问过寡妇的儿子：卫东是谁？儿子说是他爹，他爹打猎时火枪炸了，把他爹炸死了。大家就嘲笑秃子，夜夜替卫东干活哩，秃子说：替谁干都行，只要我在干着。

村人先是都不承认寡妇是秃子的媳妇，可那女人大方，摘皂角时看见谁就给谁几个皂角，常常有人在泉里洗衣服，她不言语，站在碥上就扔下两个皂角。秃子为此和女人吵，但女人有了威信，大家叫她的时候，开始说：喂，秃子的媳妇！

秃子的媳妇却害病死了，害的什么病谁也不知道，而秃子常常要到坟上去哭。有一年夏天我回去，晚上一伙人拿了席在麦场上睡，已经是半夜了，听见村后的坡根有哭声，我说：谁哭哩？大家说：秃子又想媳妇了。

又过了两年，我再一次回去，发觉皂角树没了，问村人，村人说：砍了。二婶告诉我，秃子死了媳妇后，和媳妇的那个儿子合不来，儿子出外再没有音讯，秃子一下子衰老了，五十多岁的人看上去有七十岁，他不戴帽子了，头上的疤红得像烧过的柿子，一天夜里就吊死在皂角树上，皂角落得泉边到处都是。这皂角树在硷上，村人来打水或洗衣服就容易想起秃子吊死的样子，便把皂角树砍了。

药树。药树在法性寺后的土崖上，寺殿的大梁上写着清康熙初年重建，药树最少在这里长了三百年。我记事起，法性寺里就没有和尚，是村小学校，铃声是敲那口铁铸的钟，每每钟声悠长，我就感觉是从药树上发出来的。药树特别粗，从土崖上斜着往空中长，树皮一片一片像鳞甲，村人称作龙树。那时候我们那儿还没有发现煤，柴火紧张，大一点的孩子常常爬上树去扳干枯了的枝条，我爬不上去，但夜里一起风，第二天早晨我就往树下跑，希望树上的那个鸟巢能掉下来。鸟巢是可以做几顿饭的。

药树几乎是我们村的象征，人要问：你是哪儿的？我们说：棣花的。问：棣花哪个村？我们说：药树底下的。

我在寺里读了六年书，每天早晨上操听完校长训话，我抬头就看到药树。记得一次校长训话突然就提到了药树，说早年陕南游击队在这一带活动,有个共产党员受伤后在寺里养伤住了三年,解放后当了三年专员,因为寺里风水好,有这棵龙树。校长鼓励我们好好学习,将来也成龙变凤。母亲对我希望很大,大年初一早上总是让我去药树下烧香磕头,她说:你要给我考大学!

但是,我连初中还没有读完,"文化大革命"就开始了,辍学务农,那时我十四岁。

我回到村里,法性寺小学也没了师生,驻扎了当地很大的一个造反派的指挥部。我们从此没有安宁过,经常是县城过来的另一个造反派的人来攻打,双方就在盆地东边的烽火台上打了几仗,好像是这个造反派的人赢了,结果势力越来越大。忽然有一天,一声爆炸,以为又武斗了,母亲赶紧关了院门,不让我们出去,巷道里有人喊:不是武斗,是炸药树了!等村人赶到寺后的土崖上,药树果然根部被炸药炸开,树干倒下去压塌了学校的后院墙。原来造反派每日有上百人在那里起灶做饭,没有了柴火,就炸了药树。

村里人都傻了眼,但村里人没办法。到了晚上,传出消息,说造反派砍了药树的枝条,而药树身太粗砍不动也锯不开,正在树上掏洞再用炸药炸,队长就和几位老者去寺里和指挥部的人交涉,希望不要炸树身,结果每家出一百斤柴火把树身保全下来。

树身太大,无法运出寺,就用土掩埋在土崖下,但树的断茬口不停地往出流水,流暗红色的水,把掩埋的土都浸湿了,二爷说那是血水。

村人背地里都在起毒咒：炸药树要报应的！果不其然，三个月后，烽火台又武斗了一场，这个造反派的人死了三个，两个就是在药树下点炸药包的人，而"文革"结束后，清理阶级队伍，两个造反派的武斗总指挥都被枪毙了。

我离开村子的那年，村人把药树挖出来，解成了板，这些板做了桥板就架设在村前的丹江上。

楸树。高达二十米，叶子呈三角形，叶边有锯齿，花冠白色。楸树的木质并不坚实，有点像杨树。这棵树在刘新来家的屋后，但树却属于李书富家。刘新来家和李书富家是隔壁，但李书富家地势高，刘新来家地势低，屋后的阴沟里老是湿津津的，很少有人去过。楸树占的地方狭窄，就顺着碥根往高里长，枝叶高过了碥畔。刘家人丁不旺，几辈单传，到了刘新来手里，他在外地工作，老婆和儿子在家，儿子就患了心脏病，一年四季嘴唇发青。阴阳先生说楸树吸了刘家精气，刘新来要求李书富把楸树伐了，李书富不同意，刘新来说给你二百元钱把树伐了，李书富还是不同意。

刘新来的老婆带了儿子去了刘新来的单位，一去三年没有回来。那时候我和弟弟提了笼子拾柴火，就钻进刘家屋后砍碥壁上的荆棘，也砍过楸树根。楸树根像蛇一样爬在碥壁上，砍一截下来，根就冒白水，很快颜色发黑，稠得像胶。我们隔院门缝往里看，院子里蒿草没了台阶，堂屋的门框上结个大蜘蛛网，如同挂了个筛子。

李书富在秋后打核桃的时候从树上掉下来，把脊梁跌断了，卧床了三年，临死前给老伴说：用楸树解板给我做棺材。他儿子在西安打工，探病回来就伐倒了楸树，伐楸树费老了劲，是一截一截锯断用绳吊着抬出来，解成了板。李书富一死，儿子却没有用楸树板给他爹做棺材，只是将家里一个老式板柜锯了腿，将爹装进去埋了。埋了爹，儿子又进城打工了，李书富的老伴还留在家里，对人说：儿子在城里找了个对象，这些木板留着做结婚家具呀。我也要进城呀，但我必须给他爹过了百天，百天里这些木板也就干了。

百天过后，李书富的儿子果然回来接走了老娘，也拉走了楸木板，也在这一天，刘新来家的堂屋倒坍了。

香椿。村里原来有许多椿树，我家茅坑边就有一棵，但都是臭椿，香椿只有一棵。这一棵长在莲莱池边的独院里，院里住着泥水匠，泥水匠常年在外揽活，他老婆年龄小得多，嫩面俊俏。每年春天，大家从墙外经过，就拿眼盯着看香椿的叶子。

男人们都说香椿好，前院的三婶就骂：不是香椿好，是人家的老婆好！于是她大肆攻击那老婆，说人家走路水上漂是因为泥水匠挣了钱给买了一双白胶底鞋，说人家奶大是衣服里塞了棉花，而且不会生男娃，不会生男娃算什么好女人？

三婶有一个嗜好，爱吃芫荽，她在地里种了案板大片的芫荽，每一顿饭，她掐几片芫荽叶子切碎了搅在饭碗里。我们总闻不惯芫荽的怪气味，还是说香椿好，香椿炒鸡蛋是世上最好的吃食。

"社教"的时候，村里重新划阶级成分，泥水匠原来的成分是中农，但村人说泥水匠的爹在解放前卖掉了十亩地，他是逮住要解放的风声才卖的地，他应该是漏划的地主，结果泥水匠家就定为地主成分。是地主成分就得抄家，抄家的那天村人几乎都去搬东西，五根子板柜抬到村饲养室给牛装了饲料，八仙桌成了生产队办公室的会议桌。那些盆盆罐罐都被砸了，院子里的花草被踏了。三婶用镰割断了爬满院墙的紫藤蔓，又去割那棵香椿，割不动，拿斧头砍，就把香椿树砍倒了。

从此村里只有臭椿，臭椿老生一种椿虫，逮住了，手上留一股臭味，像狐臭一样难闻。

苦楝树。苦楝树能长得非常高大，但枝叶稀疏，秋天里就结一种果，指头蛋儿大，一兜一兜地在风里摇曳，一直到腊月天还不脱落。

先前村里有过三棵苦楝树。一棵在村口的戏楼旁，戏楼倒坍的时候这树莫名其妙也死了。另一棵在硷上的一块场地上，村长的儿子要盖新院子，村长通融了乡政府，这场地就批给了村长的儿子做庄宅地。而且场地要盖新院子，就得伐了苦楝树，这棵苦棟树产权属于集体，又以最便宜的价处理给了村长的儿子。这事村人意见很大，但也只能背后说说而已，人家用这棵苦楝树做了椽子，新房上梁的时候大家又都去帮忙，拿了礼，燃放鞭炮。

最后的一棵苦楝树在村西头，树下是大青石碾盘。碾盘和石磨称作青龙白虎，村西头地势高，对着南头山岭的一个沟口，碾盘安在那儿是老祖先按风水设计的。碾盘旁边是雷家的院子，住着一个孤寡老人。我写完《怀念狼》那本书后回去过一次，见到那老汉，他给我讲了他爷爷的事。他小时候和他娘睡在上屋，上屋的窗外就是苦楝树和碾盘，夏天里他爷爷就睡在碾盘上，那时狼多，常到村里来吃鸡叼猪，有一夜他听见爷爷在碾盘上说话，掀窗看时，一只狼就卧在碾盘下，狼尾巴很长，直身坐着，用前爪不断地逗弄着他爷爷，他爷爷说：你走，你走，我一身干骨头。狼后来起身就走了。我觉得这个细节很好，遗憾《怀念狼》没用上。

这棵苦楝树是最大的一棵苦楝树，因为在碾盘旁可以遮风挡雨，谁也没想过砍伐它。小时候我们在碾盘上玩抓石子，苦楝蛋儿就时不时掉下来，嘣，一颗掉下来，在碾盘上跳几跳，嘣，又掉下来一颗。述君和我们玩时，一输，就用脚蹐苦楝树，他力气大，苦楝蛋儿便下冰雹一样落下来。

苦楝蛋儿很苦，是一味药，邻村的郎中每年要来捡几次。后来苦楝树被人用斧头砍了一次，留下个疤，谁也不知道是谁砍的,不久姓王那家的小女儿突然死了,村里传言那小女儿还不到结婚年龄却怀了孕,她听别人说喝苦楝蛋儿熬出的水可以堕胎,结果把命丢了,于是大家就怀疑是姓王的来砍了树。

一级公路经过我们村北边,高速公路经过的是村前的水田,但高速公路要修一条连接一级公路的辅道,正好经过村西头,孤寡老人的院子就拆了,碾盘早废弃了多年,当然苦楝树也就伐了。老院子给补贴了两万元,碾盘一分钱也没赔,苦楝树赔了三千元,村人家家有份,每户分到一百元。

这次回去,我见到了那个郎中,他已经是老郎中了,再来捡苦楝蛋儿时没有了苦楝树,他给我扬扬手,苦笑着,却一句话都没有说。

痒痒树。这棵痒痒树是我们村独有的一棵痒痒树,也可以说是我们那儿方圆十里内独有的树。树在永娃家的院子里,是他爷爷年轻时去山阳县,从那儿带回来移栽的。树几十年长得有茶缸粗,树梢平过屋檐。树身上也是脱皮,像药树一样,但颜色始终灰白。因为这棵树和别的树不一样,村人凡是到永娃家来,都要用手搔一搔树根,看树梢颤颤巍巍地晃动。

树和人在一起时间长了,不是树影响了人,就是人影响了树。五魁家的院墙塌了一面,他没钱买砖补修,就栽了一排铁匠蛋树,这种树浑身长刺,但一般长刺却是软刺,他性情暴戾,铁匠蛋树长的刺就非常硬,人不能钻进去,猫儿狗儿也钻不进去。

痒痒树长在永娃家的院子里，永娃的脾气也变了，竟然见人害羞，而且胆小。当一级公路改造时，原本老路从村后坡根经过，改造后却要向南移，占几十亩耕地，村人就去施工地闹事，永娃也参加了，但那次闹事被公安局来人强行压服，事后又要追究闹事人责任，别人还都没什么，永娃就吓得生病了，病后从此身上生了牛皮癣。他再没穿过短裤短袖，据说每天晚上让老婆用筷子给他刮身子，刮下屑皮就一大把。村人都说这病是痒痒树栽在院子里的缘故，他也成了痒痒树。他的儿子要砍痒痒树，他不同意，说，既然我是人肉痒痒树，你把树一砍，我不也就死了。他儿子也就不敢砍了。

前三年的春上，西安城里来了人，在村里寻着买树，听说了永娃家院子里有痒痒树，就来看了要买。永娃还是不舍得，那伙人就买了村里十二棵紫槐树，三棵桂花树。永娃的儿子后来打听了这是西安一个买树公司，他们专门在乡下买树，然后再卖给城里的房地产开发商，移栽到一些豪华别墅区里，从中牟利。永娃的儿子就寻着那伙人，同意卖痒痒树，说好价钱是一千元，几经讨价还价，最后以五百元成交，但条件是必须由永娃的儿子来挖，方圆带一米的土挖出。永娃的儿子那天将永娃哄说去了他舅家，然后挖树卖了，等永娃回来，院子里一个大深坑，没树了，永娃气得昏了过去。

永娃是那年腊八节去世的。

去年，永娃的儿媳妇患了胆结石来西安做手术，那儿子来看我，我问那棵痒痒树卖给了哪家公司，他说是神绿公司，树又卖给一个尚德别墅区，他爹去世前非要叫他去看看那棵树，他去看了，但树没栽活。

《古炉》后记

五十岁后,周围的熟人有些开始死亡,去火葬场的次数增多,而我突然地喜欢在身上装钱了,又瞌睡日渐减少,便知道自己是老了。

老了就是提醒自己:一定不要贪恋位子,不吃凉粉便腾板凳;一定不要太去抛头露面,能不参加的活动坚决抹下脸去拒绝;一定不要偏执;一定不要嫉妒别人。这些都可以做到,尽量去做到,但控制不了的却是记忆啊,而且记忆越忆越是远,越远越是那么清晰。

这让我有些恍惚,难道人生不是百年,是二百年,一是现实的日子,一是梦境的日子?甚至还不忘消灭,一方面用儿女来复制自己,一方面靠记忆还原自己?

我的记忆更多地回到了少年,我的少年正是上个世纪六十年代的中后期，那时中国正发生着史无前例的"文化大革命"。

对于"文化大革命"，已经是很久的时间没人提及了，或许那四十多年，时间在消磨着了一切，可影视没完没了地戏说着清代、明代、唐汉秦的故事，"文革"怎么就无人感兴趣吗？或许"文革"仍是敏感的话题，不堪回首，难以把握，那里边有政治，涉及评价，过去就让过去吧。

其实，自从"文革"结束以后，我何尝不也在回避。我是每年十几次地回过我的故乡，在我家的老宅子墙头依稀还有着当年的标语残迹，我有意不去看它。那座废弃了的小学校里，我参加过一次批斗会，还做过记录员，路过了偏不进去。甚至有一年经过一个村子，有人指着三间歪歪斜斜的破房子，说那是当年吊打我父亲的那个造反派的家，我说：他还在吗？回答是：早死了，全家都死了。我说：哦，都死了。就匆匆离去。

但在我们的那个村子里，经历过"文革"的人有多半死了，少半的还在，其中就有一位曾经是一派很大的头儿，他们全都鹤首鸡皮，或仍在田间劳动，或已经拄上了拐杖，默默地从巷道里走过。我去河畔钓鱼的那个中午，看见有人背了柴草过河，这是两个老汉，头发全白了，腿细得像木头棍儿，水流冲得他们站不稳，为了防止跌倒，就手拉扯了手，趔趔趄趄，趔趔趄趄地走了过来。那场面很能感人，我还在感慨着，突然才认得他们曾经是有过仇的，因为"文革"中派别不一样，武斗中一个用砖打破过一个的头，一个气不过，夜里拿了刀砍断了另一个家的椿树，那椿树差不多碗口粗了。而那个当过一派很大的头儿的，佝偻着腰坐在他家的院子里独自喝酒，酒当然是自己酿的苞谷酒，握酒杯的手指还很有力，但他的面目是那样的敦厚了，脾气也出奇地柔和，我刚一路过院门口，他就叫我的小名，说：你回来啦？你几个月没回来了，来喝一口，啊喝一口嘛！

那天太阳很暖和，村子里极其安静，我目睹着风在巷道里旋起了一股，竟然像一根绳子在那里游走。当年这里曾经多么惨烈的一场武斗啊，现在，没有了血迹，没有了尸体，没有了一地的大字报的纸屑和棍棒砖头，一切都没有了，往事就如这风，一旋而悠悠远去。

我问我的那些侄孙：你们知道"文化大革命"吗？侄孙说：不知道。我又问：你们知道你爷的爷的名字吗？侄孙说：不知道。我说：哦，咋啥都不知道。

不知道爷的爷的名字，却依然在为爷的爷传宗接代，而"文革"呢，一切真的就过去了吗？为什么影视上都可以表现着清以前的各个朝代，而不触及"文革"，这是在做不能忘却的忘却吗？我在五十多岁后动不动就眼前浮出少年的经历，记忆汪汪如水，别的人难道不往事涌上心头？那个佝偻了腰的曾经当过一派大头的老人在独自喝酒，寂寞的晚年里他应该咀嚼着什么下酒吧。

我想，经历过"文革"的人，不管在其中迫害过人或被人迫害过,只要人还活着,他必会有记忆。

也就在那一次回故乡,我产生了把我记忆写出来的欲望。

我之所以有这种欲望,一是记忆如下雨天蓄起来的窖水,四十多年了,泥沙沉底,拨去漂浮的草末树叶,能看到水的清亮。二是我不满意曾经在"文革"后不久读到的那些关于"文革"的作品,它们都写得过于表象,又多形成了程式。还有更重要的一点,我觉得我应该有使命,或许也正是宿命,经历过的人多半已死去和将要死去,活着的人要么不写作,要么能写的又多怨愤,而我呢,我那时十三岁,初中刚刚学到数学的一元一次方程就辍学回村了。我没有与人辩论过,因为口笨,但我也刷过大字报,刷大字报时我提糨糊桶。我在学校是属于"联指",回乡后我们村以贾姓为主,又是属于"联指",我再不能亮我的观点,直到后来父亲被批斗,从此越发不敢乱说乱动。但我毕竟年纪还小,谁也不在乎我,虽然也是受害者,却更是旁观者。

我的旁观,毕竟,是故乡的小山村的"文革",它或许无法反映全部的"文革",但我可以自信,我观察到了"文革"怎样在一个乡间的小村子里发生的,如果"文革"之火不是从中国社会的最底层点起,那中国社会的最底层却怎样使火一点就燃?

我的观察,来自于我自以为的很深的生活中,构成了我的记忆。这是一个人的记忆,也是一个国家的记忆吧。

其实,"文革"对于国家对于时代是一个大的事件,对于文学,却是一团混沌的令人迷惘又迷醉的东西,它有声有色地充塞在天地之间,当年我站在一旁看着,听不懂也看不透,摸不着头脑,四十多年了,以文学的角度,我还在一旁看着,企图走近和走进,似乎越更无力把握,如看月在山上,登上山了,月亮却离山还远。我只能依量而为,力所能及地从我的生活中去体验去写作,看能否与之接近一点。

烧制瓷器的那个古炉村子,是偏僻的,那里的山水清明,树木种类繁多,野兽活跃,六畜兴旺,而人虽然勤劳又擅长于技工,却极度地贫穷,正因为太贫穷了,他们落后,简陋,委琐,荒诞,残忍。历来被运动着,也有了运动的惯性。人人病病恹恹,使强用狠,惊惊恐恐,争吵不休。在公社的体制下,像鸟护巢一样守着老婆娃娃热炕头,却老婆不贤,儿女不孝。他们相互依赖,又相互攻讦,像铁匠铺子都卖刀子,从不想刀子也会伤人。他们一方面极其地自私,一方面不惜生命。面对着他们,不能不爱他们,爱着他们又不能不恨他们,有什么办法呢?你就在其中,可怜的族类啊,爱恨交集。

是他们,也是我们,皆芸芸众生,像河里的泥沙顺流移走,像土地上的庄稼,一茬一茬轮回。没有上游的泥沙翻滚,怎么能下游静水深流,五谷要结,是庄稼就得经受冬冷夏热啊。如城市的一些老太太常常被骗子以秘鲁假钞换取了人民币,是老太太没有知识又贪图占便宜所致。古炉村的人们在"文革"中有他们的小仇小恨，有他们的小利小益，有他们的小幻小想，各人在水里扑腾，却会使水波动，而波动大了，浪头就起，如同过浮桥，谁也并不故意要摆，可人人都在惊慌地走，桥就摆起来，摆得厉害了肯定要翻覆。

我读过一位智者的书，他这样写着：内心投射出来的形象是神，这偶像就会给人力量，因此人心是空虚的又是恐惧的。如果一件事的因已经开始，它不可避免得制造出一个果，被特定的文化或文明局限及牵制的整个过程，这可以称之为命运。

古炉村人就有"文革"的命运，他们和我们就有了"文革"的命运，中国人就有了"文革"的命运。

"文革"结束了，不管怎样，也不管做什么评价，正如任何一个人类历史的巨大灾难无不是以历史的进步而补偿的一样，没有"文革"就没有中国人思想上的裂变，没有"文革"就不可能有以后的整个社会转型的改革。而问题是，曾经的一段时期，似乎大家都是"文革"的批判者，好像谁也没了责任。是呀，责任是谁呢，寻不到能千刀万剐的责任人，只留下了一个恶的代名词："文革"。但我常常想：在中国，以后还会不会再出现类似"文革"那样的事呢？说这样的话别人会以为矫情了吧，可这是真的，如我受过了"5·12"大地震波及的恐惧后，至今午休时不时就觉得床动，立即惊醒，心跳不已。

有人说过很精彩的话，说因为你与你的家人和亲人在这个世上只有一次碰面的机会,所以得珍惜,因为人与人同在这个地球,所以得珍惜。可现实中这种珍惜并不是那么就做到了,贫穷使人容易凶残,不平等容易使人仇恨,不要以为自己如何对待了别人,别人就会如何对待自己。永远不要相信真正,没有真正,没有真正的友谊,没有真正的爱情,只有善与丑,只有时间,只有在时间里转换美丑。这如同土地,它可以长出各种草木,草木长出红白黄兰紫黑青的花,这些颜色原本都在土里。我们放不下心的是在我们身上,除了仁义礼智信外,同时也有着魔鬼,而魔鬼强悍,最易于放纵,只有物质之丰富,教育之普及,法制之健全,制度之完备,宗教之提升,才是人类自我控制的办法。

在书中,有那么一个善人,他在喋喋不休地说病,古炉村里的病人太多了,他需要来说,他说着与村人不一样的话,这些话或许不像个乡下人说的,但我还是让他说。这个善人是有原型的,先是我们村里的一个老者,后来我在一个寺庙里看到了桌上摆放了许多佛教方面的书,这些书是信男信女编印的,非正式出版,可以免费,谁喜欢谁可以拿走,我就拿走了一本《王凤仪言行录》。王凤仪是清同治人,书中介绍了他的一生和他一生给人说病的事迹。我读了数遍,觉得非常好,就让他同村中的老者合二为一做了善人。善人是宗教的,哲学的,他又不是宗教家和哲学家,他的学识和生存环境只能算是乡间智者,在人性爆发了恶的年代,他注定要失败的,但他毕竟疗救了一些村人,在进行着他力所能及的恢复、修补，维持着人伦道德，企图着社会的和谐和安稳。

陕西这地方土厚，惯来出奇人异事，十多年来时常传出哪儿出了个什么什么神来。我曾经在西安城南的山里拜访过众多的隐在洞穴和茅棚里修行的人，曾经见过一位并没有上过大学却钻研了十多年高等数学的农民，曾经读过一本自称是创立了新的宇宙哲学的手写书，还有一本针对时下世界格局的新的兵书草稿，甚至与那些堪舆大师、预测高手以及一场大病后突然有了功力能消灾灭祸的人交谈过。最有兴趣的是去结识那些民间艺人，比如刻皮影的，捏花馍的，搞木雕泥塑的，做血社火芯子的，无师而绘画的，铰花花的——铰花花就是剪纸。我见过了这些人，这些人并不是传说中的不得了，但他们无一例外都是有神性的人，要么天人合一，要么意志坚强，定力超常。当我在书中写到狗尿苔的婆时，原本我是要写我母亲的灵秀和善良，写到一半，得知陕北又发现一个能铰花花的老太太周苹英，她目不识丁，剪出的作品却有一种圣的境界。因为路远，我还未去寻访，竟意外地得到了一本她的剪纸图册，其中还有郭庆丰的一篇评介她的文章。文章写得真好，帮助我从周苹英的剪纸中看懂了许多灵魂的图像。于是，狗尿苔的婆身上同时也就有了周苹英的影子。

整个的写作过程中，《王凤仪言行录》和周苹英的剪纸图册以及郭庆丰的评介周苹英的文章，是我读过而参考借鉴最多的作品，所以特意在此向他们致礼。

除此之外，古炉村里的人人事事，几乎全部是我的记忆。狗尿苔，那个可怜可爱的孩子，虽然不完全依附于某一个原型的身上，但在写作的时候，常有一种幻觉，他就在我的书房，或者钻到这儿藏在那儿，或者痴呆呆地坐在桌前看我，偶尔还叫着我的名字。我定睛后，当然书房里什么人都没有，却糊涂了：狗尿苔会不会就是我呢？我喜欢着这个人物，他实在是太丑陋，太精怪，太委屈，他前无来处，后无落脚，如星外之客，当他被抱养在了古炉村，因人境逼仄，所以导致想象无涯，与动物植物交流，构成了童话一般的世界。狗尿苔和他的童话乐园，这正是古炉村山光水色的美丽中的美丽。

在写作的中期，我收购了一尊明代的铜佛，是童子佛，赤身裸体，有繁密的发髻，有垂肩的大耳，两条特长的胳膊，一手举过头顶指天，一手垂下过膝指地，意思是：天上地下唯我独尊。这尊佛就供在书桌上，他注视着我的写作，在我的意念里，他也将神明赋给了我的狗尿苔，我也恍惚里认定狗尿苔其实是一位天使。

整整四年了，四年浸淫在记忆里。但我明白我要完成的并不是回忆录，也不是写自传的工作，它是小说。小说有小说的基本写作规律。我依然采取了写实的方法，见识着那个自古以来就烧瓷的村子，极力使这个村子有声有色，有气味，有温度，开目即见，触手可摸。以我狭隘的认识吧，长篇小说就是写生活，写生活的经验,如果写出让读者读时不觉得它是小说了,而相信真有那么一个村子,有一群人在那个村子里过着封闭的庸俗的柴米油盐和悲欢离合的日子,发生着就是那个村子发生的故事,等他们有这种认同了,甚至还觉得这样的村子和村子里的人太朴素和简单,太平常了,这样也称之为小说,那他们自己也可以写了,这,就是我最满意的成功。我在年轻的时候是写诗的,受过李贺影响,李贺是常骑着毛驴想他的诗句,突然有一个句子了就写下来装进囊袋里。我也就苦思冥想寻诗句,但往往写成了让编辑去审,编辑却说我是把充满了诗意的每一句写成了没有诗意的一首诗。自后我放弃了写诗,改写小说,那时所写的小说追求怎样写得有哲理,有观念,怎样标新立异,现在看起来,激情充满,刻意作势,太过矫情。再读古代大作家的诗文,比如李白吧,那首"床前明月光,疑是地上霜。举头望明月,低头思故乡",这简直是太白话么,太简单么,但让自己去写,打死就是写不出来。最容易的其实是最难的,最朴素的其实是最豪华的。什么叫写活了?逼真了才能活,逼真就得写实,写实就是写日常,写伦理,脚蹬地才能跃起,任何现代主义的艺术都是建立在扎实的写实功力之上的。

　　写实并不是就事说事,为写实而写实,那是一摊泥塌在地上,是鸡仅仅能飞到院墙。在《秦腔》那本书里,我主张过以实写虚,以最真实朴素的句子去建造作品浑然多义而完整的意境,如建造房子一样，坚实的基，牢固的柱子和墙，而房子里全部是空虚，让阳光照进，空气流通。

回想起来，我的写作得益最大的是美术理论，在二十年前，西方那些现代主义各流派的美术理论让我大开眼界。而中国的书，我除了兴趣戏曲美学外，热衷在国画里寻找我小说的技法。西方现代派美术的思维和观念，中国传统美术的哲学和技术，如果结合了，如面能揉得到，那是让人兴奋而乐此不疲的。比如，怎样大面积地团块渲染，看似充满，其实有层次脉络，渲染中既有西方的色彩，又隐着中国的线条，既存淋淋真气使得温暖，又显一派苍茫沉厚。比如，看似写实，其实写意，看似没秩序，没工整，胡摊乱堆，整体上却清明透彻。比如，怎样"破笔散锋"。比如，怎样使世情环境苦涩与悲凉，怎样使人物郁勃黝黯，孤寂无奈。

苦恼的是越是这样的思索，越是去试验，越是感到了自己的功力不济，四年里，原本可以很快写下去，常常就写不下去，泄气，发火，对着镜子恨自己，说：不写了！可不写更难受。世上上瘾东西太多了，吸鸦片上瘾，喝酒上瘾，吃饭是最大上瘾，写作也上瘾。还得写下去，那就平静下来，尽其能力去写吧。在功夫不济的情况下，我能做到的就是反复叮咛自己：慢些，慢些，把握住节奏，要笔顺着我，不要我被笔牵着，要故事为人物生发，不要人物跟着故事跑了。

四年里，出了多少事情，受了多少难场，当我写完全书稿最后一个字时，我说天呀，我终于写完了，写得怎样那是另一回事，但我总算写完了。

我感激着家里的大小活儿从不让我干，对于妻子女儿，我是那样地不尽职，我对她们说：啊，把我当个大领导看待吧，大领导谁是能顾了家的呢？我感激着我的字画，字画收入使我没有了经济的压力，从而不再在写作中考虑市场，能使我安静地写，写我想写的东西。我感激着我的身体，它除了坏掉了四颗牙，别的部位并没有出麻达。我感激着那三百多支签名笔，它们的血是黑水，流尽了，静静地死去在那个大筐里。

《带灯》后记

进入六十岁的时候,我就不愿意别人说今年得给你过个大寿了。很丢人的,怎么就到六十了呢?生日那天,家人和朋友们已经在饭店订了宴席,就是不去,一个人躲在书房里喘息。其实逃避时间正是衰老的表现,我都觉得可笑了。于是,在母亲的遗像前叩头。感念着母亲给我的生命,说我并不是害怕衰老,只是不耐烦宴席上长久吃喝和顺嘴而出的祝词,况且我现在还茁壮,六十年里并没有做成一两件事情,还是留着八十九十时再庆贺吧。我又在佛前焚香,佛总是在转化我,把一只蛹变成了彩蝶,把一颗籽变出了大树。今年头发又掉了许多,露骨的牙也坏了两颗,那就快赐给我力量吧。我母亲在晚年时常梦见捡了一篮鸡蛋,我企望着让带灯活灵活现于纸上吧,补偿性地使我完成又一部作品。

整个夏天，我都在为带灯忙活。我是多么喜欢夏天啊，几十年来，我的每一部长篇作品几乎都是在冬天里酝酿，在夏天里完满，别人在脑子昏昏，脾气变坏，热得恨不得把皮剥下来凉快，我乐见草木旺盛，蚊虫飞舞，意气纵横地在写作中欢悦。这一点，我很骄傲，自诩这不是冬虫夏草吗，冬天里眠得像一条虫，夏天里却是绿草，要开出一朵花了。

这一本《带灯》仍是关于中国农村的，更是当下农村发生着的人事。我这一生可能大部分作品都是要给农村写的，想想，或许这是我的命，土命，或许是农村选择了我，似乎听到了一种声音：那么大的地和地里长满了荒草，让贾家的儿子去耕犁吧。于是，不写作的时候我穿着人衣，写作时我披了牛皮。记得当年父亲告诉我，他十多岁在西安考学，考过还没张榜时流浪街头，一老人介绍他去一个地方可以有饭吃，到了那个地方，却是八路军驻西安办事处，要送他去延安当兵。我父亲的观念里当兵不好，而且国民党整天宣传延安是共产党的集聚地，共产党是土匪，他就没有去。我埋怨父亲，你要去了，你就是无产阶级革命家了，我也成高干子弟了。父亲还讲，他考上了学又毕业后，在西安教书，那时五袋洋面可以买一小院房的，他差不多要买了，西安开始解放，城里响了枪声，他就跑回了老家丹凤。我当然又埋怨：唉，你要不跑，我不就是城里人吗，又何苦让我挣扎了十九年后才做了城里人！当我在农村时，我的境遇糟透了，父亲有了历史问题，母亲害病，我又没力气，报名参军当兵呀，体检的人拿着玻璃棍儿把我身子所有部位都戳着看了，结果没有当成。第二年又招地质工人，去报了名，当天晚上村支书就在报名册上把我的名字划棹了。隔了一年又招养路工，就是拿着锨到公路边的水渠里铲沙土垫路面的坑坑洼洼，人家还是不要我。后来想当民办教师也没选上。再后一个民办女教师要生孩子呀，需要个代理的，那次希望最大，我已经去修理了一支钢笔，却仍是让邻村的另一人调了包。那段日子，几次大正午的在犁过的稻田里犯蒙，不辨了方向，转来转去寻不到田埂，村里人都说那是鬼迷糊了，让我顶着簸箕，拿桃木条子打着驱鬼。十几年后提起这些往事，有长者说：这一切都在为你当作家写农村创造条件呀，如赶羊，所有的岔道都堵了，就让羊顺着一条道儿往沟垴去么！我想也是。

在陕西作家协会的一次会上，我做过这样的发言：如果陕西还算中国文学的一个重镇吧，主要是出了一批写农村题材的作家，这些作家又大多数来自于农村，本身就是农民，后经提拔，户口转到了城里，由业余写作变为专业作家的。但是，现在的情况完全变了，农村也不是昔日的农村，如果再走像老一批作家那样的路子，已没条件了，应该多鼓励年轻的作家拓宽思路，写更广泛的题材。我这么说着，但我还得写农村，一茬作家有一茬作家的使命，我是被定型了的品种，已经是苜蓿，开着紫色花，无法让它开出玫瑰。

几十年的习惯了，只要没有重要的会，家事又走得开，我就会邀二三朋友去农村跑动，说不清的一种牵挂，是那里的人，还是那里的山水？在那里不需要穿正装，用不着应酬，路瘦得在一根绳索上，我愿意到哪儿脚就到哪儿，饭时了随便去个农户恳求给做一顿饭，天黑了见着旅馆就敲门。一年一年地去，农村里的年轻人越来越少，男的女的，聪明的和蠢笨的，差不多都要进城去，他们很少有在城里真正讨上好日子，但只要还混得每日能吃两碗面条，他们就在城里漂呀，死也要做那里的鬼。而农村的四季，转换亦不那么冷暖分明了，牲口消失，农具减少，房舍破败，邻里陌生，一切颜色都褪了，山是残山水是剩水，只有狗的叫声如雷，我仍是要往农村里跑，真的如蝴蝶是花的鬼魂总去土丘的草丛。就在前年，我去陕西南部，走了七八个县城和十几个村镇，又去关中平原北部一带，再是去了一趟甘肃的定西。收获总是大的，当然这并不是指创作而言，如果纯粹为了创作而跑动那就显得小气而不自在，春天的到来哪里仅仅见麦苗拔节，地气涌动，万物复苏，土里有各种各样颜色呈现了草木花卉和庄稼。就在不久，我结识了山区一位乡镇干部，她是不知从哪儿获得了我的手机号，先是给我发短信，我以为她是一位业余作者，给她复了信，她却接二连三地又给我发信。要是平常，我简直要烦了，但她写的短信极好，这让我惊讶不已，我竟盼着她的信来，并决定山高路远地去看看她和生她养她的地方。我真的是去了，就在大山深处,她是个乡政府干部,具体在综治办工作。如果草木是大山灵性的外泄,她就该是崖头的一株灵芝,太聪慧了,她并不是文学青年,没有读更多的书,没有人能与她交流形成的文学环境,综治办的工作又繁忙泼烦,但她的文学感觉和文笔是那么好,令我相信了天才。在那深山的日子里,她是个滔滔不绝的倾诉者。我是个忠实的倾听人,使我了解了另一样的生活和工作。她又领着我走村串寨,去给那特困户办低保,也去堵截和训斥上访人,她能拽着牛尾巴上山,还要采到山花了,把一朵别在头上,买土蜂蜜,摘山果子,她跑累了,说你坐在这儿看风景吧,我去打个盹儿,她跑到一草窝里蜷身而卧就睡着了,我远远地看着她,她那衫子上的花的图案里花全活了,从身子上长上来在风中摇曳鲜艳。从她那儿的深山里回来不久,我又回了一趟我的老家。老家正在修了一条铁路又修高速公路,还有一座大的工厂被引进落户,而也发生了一场为在河里淘沙惹起的特大恶性群殴事件,死亡和伤残了好多人,这些人我都认识,自然我会走动双方家族协助处理着遗留问题,在村口路旁与众人议论起来就感慨万千,唏嘘不已。事情远还没有结束,那个在大深山里的乡政府女干部,我们已经是朋友了,她每天都给我发信,每次信都是几百字或上千字,说她的工作和生活,说她的追求和向往,她似乎什么都不避讳,欢乐、悲伤、愤怒、苦闷,如我在老家的那个侄女,给你嘎嘎地抖着身子笑得没死没活了,又破口大骂那走路偷吃路边禾苗的牛和那长着黄瓜嘴就是不肯吃食的猪。她竟然定期给我寄东西，比如五味子果、鲜茵陈、核桃、蜂蜜，还有一包又一包乡政府下发给村寨的文件，通知、报表、工作规划、上访材料、救灾名册、领导讲稿，有一次可能是疏忽了吧，文件里还夹了一份她因工作失误而所写的检查草稿。

当我在看电视里的西安天气预报时，不知不觉地也关心了那个深山地区的天气预报，就是从那时，我冲动了写《带灯》。

在写《带灯》过程中，也是我整理我自己的过程。不能说我对农村不熟悉，我认为已经太熟悉，即便在西安的街道看到两旁的树和一些小区门前的竖着的石头，我一眼便认得哪棵树是西安原生的，哪棵树是从农村移栽的，哪块石头是关中河道里的，哪块石头来自陕南的沟峪。可我通过写《带灯》进一步了解了中国农村，尤其深入了乡镇政府，知道着那里的生存状态和生存者的精神状态。我的心情不好。可以说社会基层有太多的问题，就如书中的带灯所说，它像陈年的蜘蛛网，动哪儿都落灰尘。这些问题不是各级组织不知道，都知道，都在努力解决，可有些能解决了，有些无法解决，有些无法解决了就学猫刨土掩屎，或者见怪不怪，熟视无睹，自己把自己眼睛闭上了当什么都没有发生吧，结果一边解决着一边又大量积压，体制的问题，道德的问题，法制的问题，信仰的问题，政治生态问题和环境生态问题，一颗麻疹出来了去搔，逗得一片麻疹出来，搔破了全成了麻子。这种想法令一些朋友嘲笑，说你干啥的就是干啥的，自己卖着蒸馍却管别人盖楼。我说：不能女娲补天，也得杞人忧天么，或许我是共产党员吧。那年四川大地震后十多天里，我睡在床上总觉得床动，走在路上总觉得路面发软，害怕着地震，却又盼望余震快来，惶惶不可终日。

正因为社会基层的问题太多，你才尊重了在乡镇政府工作的人，上边的任何政策、条令、任务、指示全集中在他们那儿要完成，完不成就受责挨训被罚，各个系统的上级部门都说他们要抓的事情重要，文件、通知雪片似的飞来，他们只有两只手呀，两只手仅十个指头。而他们又能解决什么呢？手里只有风油精，头疼了抹一点，脚疼了也抹一点。他们面对的是农民，怨恨像污水一样泼向他们。这种工作职能决定了他们与社会摩擦的危险性。在我接触过的乡镇干部中，你同情着他们地位低下，工资微薄，喝恶水，坐萝卜，受气挨骂，但他们也慢慢地扭曲了，弄虚作假，巴结上司，极力要跳出乡镇，由科级升迁副处，或到县城去寻个轻省岗位，而下乡到村寨了，却能喝酒，能吃鸡，张口骂人，脾气暴戾。所以，我才觉得带灯可敬可亲，她是高贵的，智慧的，环境的逼仄才使她的想象无涯啊！我们可恨着那些贪官污吏，但又想，房子是砖瓦土坯所建，必有大梁和柱子，这些人天生为天下而生，为天下而想，自然不会去为自己的私欲而积财盗名好色和轻薄敷衍，这些人就是江山社稷的脊梁，就是民族的精英。

地藏菩萨说：地狱不空，誓不为佛。现在地藏菩萨依然还在做菩萨，我从庙里请回来一尊，给它献花供水焚香。以前从来没有注意过土地神，印象里胡子那么长个头那么小一股烟一冒就从地里钻出来，而现在觉得它是神，了不起的神，最亲近的神，从文物市场上买回来一尊，不，也是请回来的，在它的香炉里放了五色粮食。

认识了带灯，了解了带灯，带灯给了我太多的兴奋和喜悦，也给了我太多的悲愤和忧伤，而我要写的《带灯》却一定是文学的，这就使我在动笔之前煎熬了很长一段时间的酝酿。我之前不大理会酝酿这个词，当我与一位八〇后的女青年闲谈时，问她昨天晚上怎么没参加一个聚会呢。她说：我睡眠不好，九点钟就要酝酿睡觉了。我问：酝酿睡觉？怎么个酝酿？！她说：我得洗澡，洗完澡听音乐，音乐听着去泡一杯咖啡，然后看书，一边喝咖啡一边看书，看着看着我就困了，闭上眼就轻轻走向床，躺在那里才睡着了。酝酿还要做那么多的程序，在写《带灯》时我就学着她的样，也做了许多工作。

我做的工作之一是摊开了关于带灯的那么多的材料，思索着书中的带灯应该生长个什么模样呢，她是怎样的品格和面目而区别于以前的《秦腔》《高兴》《古炉》，甚或更早的《废都》《浮躁》《高老庄》？好心的朋友知道我要写《带灯》了，说：写了那么多了，怎么还写？是呀，我是写了那么多还要写，是证明我还能写吗,是要进一步以丰富而满足虚荣吗?我在审问着自己的时候,另一种声音在呢喃着,我以为是我家的狗,后来看见窗子开了道缝,又以为是挤进来的风,似乎那声音在说:写了几十年了,你也年纪大了,如果还要写,你就要为了你,为了中国当代文学去突破和提升。我吓得一身的冷汗,我说:这怎么可能呢,这不是要夺掉我手中的笔吗?那个声音又响:那你还浪费什么纸张呢?去抱你家的外孙吧!我说:可我丢不下笔,笔已经是我的手了,我能把手剁了吗?那声音最后说了一句:突破那么一点点提高那么一点点也不行吗?那时我突然想到一位诗人的话:白云开口说话,你的天空就下雨了。我伏在书桌上痛哭。

这件事或许是一种幻觉,却真实地发生过,我的自信受到严重打击,关于带灯的一大堆材料又打包搁置起来。过了春节,接着又生病住院,半年过后,心总不甘,死灰复燃,再次打开关于带灯的一大堆材料,我说:不写东西我还能做什么呢,让我试试,我没能力做到我可以在心里向往啊。看见了那么个好东西,能偷到手的是贼,惦记着也是贼么。

于是,我又做了另一件工作。其实也是在琢磨。

我琢磨的是,已经好多年了,所到之处,看到和听到的一种现象:越来越多的人在写作,在纸质材料上写,在电脑网络上写,作品如海潮涌来,但社会的舆论中却越来越多地哀叹文学出现了困境,前所未有的困境。这到底是怎么回事呢?文学出现了前所未有的困境，其实是社会出现了困境，是人类出现了困境。这种困境早已出现，只是我们还在封闭的环境里仅仅为着生存挣扎时未能顾及，而我们的文学也就自娱自慰自乐着。当改革开放国家开始强盛人民开始富裕后，才举头四顾知道了海阔天空，而社会发展又出现了瓶颈，改革亟待进一步深化，再看我们的文学是那样的尴尬和无奈。我们差不多学会了一句话：作品要有现代意识。那么，现代意识到底是什么呢？对于当下中国的作家又怎么在写作中体现和完成呢？现代意识也就是人类意识，而地球上大多数的人所思所想的是什么，我们应该顺着潮流去才是。美国是全球最强大的国家，他们的强大使他们自信，他们当然要保护他们的国家利益，但不能不承认他们仍在考虑着人类的出路，他们有这种意识，所以他们四处干涉和指点，到南极，到火星，于是他们的文学也多有未来的题材，多有地球毁灭和重找人类栖身地的题材。而我们呢，因为贫穷先关心着吃穿住行的生存问题，久久以来，导致着我们的文学都是现实问题的题材，或是增加自己的虚荣，去回忆祖先曾经的光荣与骄傲。我们的文学多是历史的现实的内容，这对不对呢？是对的，而且以后的很长时间里可能还得写这些。当一个人在饥饿的时候盼望的是得到面包，而不是盼望神从天而降，即便盼望神从天而降那也是盼望神拿着面包而来。但是，到了今日，我们的文学虽然还在关注着叙写着现实和历史，又怎样才具有现代意识、人类意识呢？我们的眼睛就得朝着人类最先进的方面注目,当然不是说我们同样去写地球面临的毁灭、人类寻找新家园的作品,这恐怕我们也写不好,却能做到的是清醒,正视和解决哪些问题是我们通往人类最先进方面的障碍,比如在民族的性情上、文化上、体制上、政治生态和自然生态环境上、行为习惯上,怎样不再卑怯和暴戾,怎样不再虚妄和阴暗,怎样才真正地公平和富裕,怎样能活得尊严和自在。只有这样做了,这就是我们提供的中国经验,我们的生存和文学也将是远景大光明,对人类和世界文学的贡献也将是特殊的声响和色彩。

我从来身体不好,我的体育活动就是热情地观看电视转播的所有体育比赛。在终于开笔写起《带灯》,逢着了欧冠杯赛,当我一场又一场欣赏着巴塞罗那队的足球,突然有一天想:哈,他们的踢法是不是和我《秦腔》《古炉》的写法近似呢?啊,是近似。传统的踢法里,这得有后卫、中场、前锋,讲究三条线如何保持距离,中场特别要腰硬,前锋得边跑传中,等等等等。巴塞罗那则是所有人都是防守者和进攻者,进攻时就不停地传球倒脚,烦琐、细密而眼花缭乱的华丽,一切都在耐烦着显得毫不经意了,突然球就踢入网中。这样的消解了传统的阵型和战术的踢法,不就是不倚重故事和情节的写作吗?那烦琐细密的传球倒脚不就是写作中靠细节推进吗?我是那样的惊喜和兴奋。和我一同看球的是一个搞批评的朋友,他总是不认可我《秦腔》《古炉》

的写法，我说：你瞧呀，瞧呀，他们又进球了！他们不是总能进球吗？！

《秦腔》《古炉》是那一种写法，《带灯》我却不想再那样写了，《带灯》是不适合那种写法，我也得变变，不能在一棵树上吊死。那怎么写呢？其实我总有一种感觉，就是你写的时间长了，又浸淫其中，你总能寻到一种适合于你要写的内容的写法，如冬天必然寻到棉衣毛裤，夏天必然寻到短裤T恤，你的笔是握在自己手里，却老觉得有什么力量在掌控了你的胳膊。几十年以来，我喜欢着明清以至三十年代的文学语言，它清新，灵动，疏淡，幽默，有韵致。我模仿着，借鉴着，后来似乎也有些像模像样了。而到了这般年纪，心性变了，却兴趣了中国两汉时期那种史的文章的风格，它没有那么多的灵动和蕴藉，委婉和华丽，但它沉而不靡，厚而简约，用意直白，下笔肯定，以真准震撼，以尖锐敲击。何况我是陕西南部人，生我养我的地方属秦头楚尾，我的品种里有柔的成分，有秀的基因，而我长期以来爱好着明清的文字，不免有些轻的佻的油的滑的一种玩的迹象出来，这令我真的警觉。我得有意地学学两汉品格了，使自己向海风山骨靠近。可这稍微的转身就何等地艰难，写《带灯》时力不从心，常常能听到转身时关关节节都在响动，只好转一点，停下来，再转一点，停下来，我感叹地说：哪里能买到文学上的大力丸呢？

就在《带灯》写到一半，天津的一个文友来到了西安，她见了我说：怎么还写呀？我说：鸡不下蛋它憋啊！她返回天津后在报上写了关于我的一篇文章，其中写到我名字里的凹字，倒对我有了启发。以前有人说这个凹字，说是谷是牝是盆是坑是砚是元宝，她却说是火山口。她这说得有趣，并不是她在夸我了我才说有趣，觉得可以从各个角度去理解火山口。社会是火山口，创作是火山口。火山口是曾经喷发过熔岩后留下的出口，它平日是静寂的，没有树，没有草，更没有花，飞鸟走兽也不临近，但它只要是活的，内心一直在汹涌，在突奔，随时又会发生新的喷发。我常常有些迷信，生活中总以什么暗示着而求得给予自己自信和力量，看到文友的文章后，我将一个巨大的多年前购置的自然凹石摆在了桌上，它几乎占满了整个桌面。我是以它像个凹字而购置的，现在我将它看作了火山口来敬供，但愿我的写作能如此。

带灯说，天热得像是把人拎起来拧水。这个夏天里写完了《带灯》，稿子交给了别人去复印，又托付别人将它送去杂志社和出版社，我就再不理会这个文学的带灯长成什么样子，腿长不长，能否跑远，有没有翅，是鸡翅还是鹰翅，飞得高吗，我全不管了，抽身而去农村了。我希望这一段隐在农村，恢复我农民的本性，吃五谷，喝泉水，吸农村的地气，晒农村的太阳，等待新的写作欲望的冲动，让天使和魔鬼再一次敲门。

这是一个人到了既喜欢《离骚》,又必须读《山海经》的年纪了,我想要日月平顺,每晚如带灯一样关心着中央电视台的新闻联播和天气预报,咀嚼着天气就是天意的道理,看人间的万千变化。

王静安说:且自簪花,坐赏镜中人。

二〇一二年八月十四日

《老生》后记

年轻的时候,欢得像只野兔,为了觅食去跑,为了逃生去跑,不为觅食和逃生也去跑,不知疲倦。到了六十岁后身就沉了,爬山爬到一半,看见路边的石壁上写有"歇着",一屁股坐下来就歇,歇着了当然要吃根纸烟。

女儿一直是反对我吃烟的,说:你怎么越老烟越勤了呢?!

我是吃过四十年的烟啊,加起来可能是烧了个麦草垛。以前的理由,上古人要保存火种,保存火种是部落里最可信赖者,如果吃烟是保存火种的另一形式,那我就是有责任心的人么。现在我是老了,人老多回忆往事,而往事如行车的路边树,树是闪过去了,但树还在,它需在烟的弥漫中才依稀可见呀。

这一本《老生》,就是烟熏出来的,熏出了闪过去的其中的几棵树。

在我的户口本上，写着生于陕西丹凤县的棣花镇东街村，其实我是生在距东街村二十五里外的金盆村。金盆村大，一九五二年驻扎了解放军一个团，这是由陕南游击队刚刚整编的部队，团长是我的姨父，团部就设在村中一户李姓地主的大院里。是姨把她的挺着大肚子的妹妹接去也住在团部，十几天后，天降大雨我就降生了。那时候，棣花镇正轰轰烈烈闹土改，我家分到了好多土地，我的伯父是积极分子，被镇政府招去做了干部。所以在我的幼年，听得最多的故事，一是关于陕南游击队的，二是关于土改的。到了十三岁，我刚从小学毕业到十五里外去上初中，"文化大革命"爆发了，只好辍学务农，棣花镇人分成两派，两派都在造反，两派又都相互攻击，我目睹了什么是革命和革命的文斗武斗。后来，当教师的父亲被定为历史反革命分子而我就是黑五类子弟，知道了世态炎凉，更经历了农民在无产阶级专政下如何整肃、改造、统一着思想和行为。再后来，我以偶然的机会到了西安，又在西安生活工作和写作，十几年里高高山上站过，也深深谷底行过。又后来是改革开放了，史无前例，天翻地覆，我就在其中扑腾着，扑腾着成了老汉。

这就是我曾经的历史，也是我六十年来的命运。我常常想，我怎么就是这样的历史和命运呢？当我从一个山头去到另一个山头，身后都是有着一条路的，但站在了太阳底下，回望命运，能看到的是我脚下的阴影，看不到的是我从哪儿来的又怎么是那样地来的,或许阴影是我的尾巴,它像扫帚一样我一走过就扫去痕迹,命运是一条无影的路吧,那么,不管是现实的路还是无影的路,那都是路,我疑惑的是,路是我走出来的?我是从路上走过来的?

　　三年前的春节,我回了一趟棣花镇,除夕夜里到祖坟上点灯。这是故乡重要的风俗,如果谁家的祖坟上没有点灯,那就是这家绝户了。我跪在坟头,四周都是黑暗,点上了蜡烛,黑暗更浓,整个世界仿佛只是那一粒烛焰,但爷爷奶奶的容貌,父亲和母亲的形象是那样的清晰!我们一直在诅咒着黑夜,以为它什么都看不见,原来昔人往事全完整无缺地在那里,我们只是没有兽的眼罢了。也就在那时,我突然还有了一个觉悟:常言生有时死有地,其实生死是一个地方。人应该是从地里冒出来的一股气,从什么地方冒出来活人,死后再从什么地方遁去而成坟。一般的情况都是从哪里出来就生着活着在哪里的附近,也有特别的,生于此地而死于彼地或生于彼地而死于此地,那便是从彼地冒出的气,飘荡到此地投生,或此地冒出的气飘荡于彼地投生。我家的祖坟在离村子不远的牛头坡上,牛头坡上到处都是坟,村子家家祖坟都在那里,这就是说,我的祖辈,我的故乡人,全是从牛头坡上不断冒出的气又不断地被吸收进去。牛头坡是一个什么样的穴位呀,冒出的是一种什么样的气,清的,浊的,祥瑞的,恶煞的,竟一茬一茬的活人闹出了那么多声响和色彩的世事?!

从棣花镇返回了西安,我很长时间里沉默寡言,常常把自己关在书房里,整晌整晌什么都不做,只是吃烟。在灰腾腾的烟雾里,记忆我所知道的百多十年,时代风云激荡,社会几经转型,战争,动乱,灾荒,革命,运动,改革,在为了活得温饱,活得安生,活出人样,我的爷爷做了什么,我的父亲做了什么,故乡人都做了什么,我和我的儿孙又做了什么,哪些是荣光体面,哪些是龌龊罪过?太多的变数呵,沧海桑田,沉浮无定,有许许多多的事一闭眼就想起,有许许多多的事总不愿去想,有许许多多的事常在讲,有许许多多的事总不愿去讲。能想的能讲的已差不多都写在了我以往的书里,而不愿想不愿讲的,到我年龄花甲了,却怎能不想不讲啊?!

这也就是我写《老生》的初衷。

写起了《老生》,我只说一切都会得心应手,没料到却异常滞涩,曾三次中断,难以为继。苦恼的仍是历史如何归于文学,叙述又如何在文字间布满空隙,让它有弹性和散发气味。这期间,我又反复读《山海经》,《山海经》是我近几年喜欢读的一本书,它写尽着地理,一座山一座山地写,一条水一条水地写,写各方山水里的飞禽走兽树木花草,却写出了整个中国。《山海经》里那些山水还在,上古时间有那么多的怪兽怪鸟怪鱼怪树,现在仍有着那么多的飞禽走兽鱼虫花木让我们惊奇。《山海经》里有诸多的神话,那是神的年代,或许那都是真实发生过的事,而现在我们的故事,在后代来看又该称之为人话吗?阅读着《山海经》,我又数次去了秦岭,西安的好处是离秦岭很近,从城里开车一个小时就可以进山,但山深如海,进去却往往看着那梁上的一所茅屋,赶过去却需要大半天。秦岭历来是隐者的去处,现在仍有千人修行在其中,我去拜访了一位,他已经在山洞里住过了五年,对我的到来他既不拒绝也不热情,无视着,犹如我是草丛里走过的小兽,或是风吹过来的一缕云。他坐在洞口一动不动,眼看着远方,远方是无数错落无序的群峰,我说:师父是看落日吗?他说:不,我在看河。我说:河在沟底呀,你在峰头上看?他说:河就在峰头上流过。他的话让我大为吃惊,我回城后就画了一幅画。我每每写一部长篇小说,为了给自己鼓劲,就要在书房挂上为所写的小说画的书画条幅。这次我画的是"过山河图",水流不再在群山众沟里千回万转,而是无数的山头上有了一条汹涌的河。还是在秦岭里,我曾经去看望一个老人,这老人是我一个熟人的亲戚,熟人给我多次介绍说这老人是他们那条峪里六七个村寨中最有威望的,几十年来无论哪个村寨有红白事,他都被请去做执事,即便如今年事已高,腿脚不便,但谁家和邻居闹了矛盾,谁个兄弟们分家,仍还是用滑竿抬了他去主持。我见到了老人问他怎么就如此地德高望重呢?他说:我只是说些公道话么。再问他怎样才能把话说公道,他说:没有私心偏见,你即便错了也错不到哪儿去。我认了这位老人是我的老师,写小说何尝不也就在说公道话吗？于是，第四遍写《老生》，竟再没有中断，三个月后顺利地完成了草稿。

《老生》是四个故事组成的，故事全都是往事，其中加进了《山海经》的许多篇章，《山海经》是写了所经历过的山与水，《老生》的往事也都是我所见所闻所经历的。《山海经》是一个山一条水地写，《老生》是一个村一个时代地写。《山海经》只写山水，《老生》只写人事。

如果从某个角度上讲，文学就是记忆的，那么生活就是关系的。要在现实生活中活得自如，必须得处理好关系，而记忆是有着分辨，有着你我的对立。当文学在叙述记忆时，表达的是生活，表达生活当然就要写关系。《老生》中，人和社会的关系，人和物的关系，人和人的关系，是那样的紧张而错综复杂，它是有着清白和温暖，有着混乱和凄苦，更有着残酷、血腥、丑恶、荒唐。这一切似乎远了或渐渐远去，人的禀性是过上了好光景就容易忘却以前的穷日子，发了财便不再提当年的偷鸡摸狗，但百多十年来，我们就是这样过来的，我们就是如此的出身和履历，我们已经在苦味的土壤上长成了苦菜。《老生》就得老老实实地去呈现过去的国情、世情、民情。我不看重那些戏说，虽然戏说都以戏说者对现实的理解去借尸还魂。曾经的饥荒年代，食堂里有过用榆树皮和苞谷皮去做肉的，那做出来的样子是像肉，但那是肉吗？现在一些寺院门口的素食馆，不老实地卖素饭素菜，偏要以豆腐萝卜造出个鸡的形状，猪肉的味道，佛门讲究不杀生，而手不杀生了心里却杀生，岂不是更违法？要写出真实的需要真诚，如今却多戏谑调侃和伪饰，能做到真诚已经很难了。能真正地面对真实，我们就会真诚，我们真诚了，我们就在真实之中。写作因人而异，各有各的路数，生一堆火，越添柴火焰越大，而水越深流越平静，火焰是热闹的，炙热的，是人是兽都看得见，以细辨波纹看水的流深，那只有船家渔家知道。看过一个材料，说齐白石初到北京，他的画遭人讥笑，过了多少年后，世人才惊呼他的旷世才华而效仿者多多，但效仿者要么一尽写意，要么工笔摹物，齐白石这才说了"似与不似之间"的话。似或不似可以做到，谁都可以做到，之间的度在哪里，却只有齐白石掌握。八大山人也说过立于金木水火土之内而超于金木水火土之外，形上形下，圆中一点。那么，圆在哪儿，那一点又在圆中的哪里，这就是艺术的高低大小区别所在了。看山是山看水是水，看山不是山看水不是水，看山还是山看水还是水，年龄会告诉这其中的道理，经历会告诉这其中的道理，年龄和经历是生命的包浆啊。

至于此书之所以起名《老生》，或是指一个人的一生活得太长了，或是仅仅借用了戏曲中的一个角色，或是赞美，或是诅咒。老而不死则为贼，这是说时光讨厌着某个人长久地占据在这个世上，另一方面，老生常谈，这又说的是人越老了就不要去妄言诳语吧。书中的每一个故事里，人物中总有一个名字里有老字，总有一个名字里有生字，它就在提醒着，人过的日子，必是一日遇佛一日遇魔。风刮很累，花开花也疼，我们既然是这些年代的人，我们也就是这些年代的品种，说那些岁月是如何的风风雨雨，道路泥泞，更说的是在风风雨雨的泥泞路上，人是走着，走过来了。

故乡的棣花镇在秦岭的南坡，那里的天是蓝的，经常在空中静静地悬着一团白云，像是气球，也像是棉花垛，而凡是有沟，沟里就都有水，水是捧起来就可以喝的。但故乡给我印象最深最难以思议的还是路，路那么地多，很瘦很白，在乱山之中如绳如索，有时你觉得那是谁在撒下了网，有时又觉得有人在扯着绳头，正牵拽了群山走过。路的启示，《老生》中就有了那个匡三司令。

匡三司令是高寿的，他的晚年荣华富贵，但比匡三司令活得更长更久的是那个唱师。我在秦岭里见过数百棵古木，其中有筐篮粗的桂树和四人才能合抱的银杏，我也见过山民在翻修房子时堆在院中的尘土上竟然也长着许多树苗。生命有时极其伟大，有时也极其卑贱。唱师像幽灵一样飘荡在秦岭，百多十年里，世事"解衣磅礴"，他独自"燕处超然"，最后也是死了。没有人不死去的，没有时代不死去的，"眼看着起高楼，眼看着楼坍了"，唱师原来唱的是阴歌，歌声也把他带了归阴。

《老生》是二〇一三年的冬天完成的，过去了大半年了，我还是把它锁在抽屉里，没有拿去出版，也没有让任何人读过。烟还是在吃，吃得烟雾腾腾，我不知道这本书写得怎么样，哪些是该写的哪些是不该写的哪些是还没有写到，能记忆的东西都是刻骨铭心的，不敢轻易去触动的，而一旦写出来，是一番释然，同时又是一番痛楚。丹麦的那个小女孩在夜里擦火柴，光焰里有面包、衣服、炉火和炉火上的烤鸡，我的《老生》在烟雾里说着曾经的革命而从此告别革命。土地上泼上了粪，风一过粪的臭气就没了，粪却变成了营养，为庄稼提供了成长的功能。世上的母亲没一个在咒骂生育的艰苦和疼痛，全都在为生育了孩子而幸福着。

所以，二〇一四年的公历三月二十一日，也是古历的二月二十一，是我的又一个生日，我以《老生》作我的寿礼，也写下了这篇后记。

二〇一四年三月二十一日

《极花》后记

十年前一夏无雨,认为凶岁,在西安城南的一个出租屋里,我的老乡给我诉苦。他是个结巴,说话时断时续,他老婆在帘子后的床上一直嘤嘤泣哭。那时的蚊子很多,得不停地用巴掌去打,其实每一巴掌都打的是我们的胳膊和脸。

人走了,他说,又回,回那里去了。

那一幕我至今还清清晰晰,他抬起脑袋看我,目光空洞茫然,我惊得半天没说出一句话来。他说的人,就是他的女儿,初中辍学后从老家来西安和收捡破烂的父母仅生活了一年,便被人拐卖了。他们整整三年都在寻找,好不容易经公安人员解救回来,半年后女儿却又去了被拐卖的那个地方。事情竟然会发展到这样的结局,是鬼,鬼都慌乱啊!他老婆还是在哭,我的老乡就突然勃然大怒,骂道:哭,哭,你倒是哭,你妈的×哩,哭?!

抓起桌子上的碗向帘子砸去。我没有拦他，也没一句劝说。桌子上还有一个碗，盛着咸菜，旁边是一筛子蒸馍和一只用黑塑料桶做成的花盆，长着一棵海棠。这海棠是他女儿回来的第三天栽的，那天，我的老乡叫我去喝酒，我看到他女儿才正往塑料桶里装土。我赶紧把咸菜碗、蒸馍筛子和海棠盆挪开，免得他再要抓起来砸老婆。我终于弄明白了事情的缘由，是女儿回来后，因为报纸上电视上连续地报道着这次解救中公安人员的英勇事迹，社会上也都知道了他女儿是那个被拐卖者，被人围观，指指点点，说那个男的家穷，人傻，×多，说她生下了一个孩子。从此女儿不再出门，不再说话，整日呆坐着一动不动。我的老乡担心着女儿这样下去不是要疯了就是会得大病，便托人说媒，希望能嫁到远些的地方去，有个谁也不知道女儿情况的婆家。但就在他和媒人商量的时候，女儿不见了，留下个字条，说她还是回那个村子去了。

  这是个真实的故事，我一直没给任何人说过。

  但这件事像刀子一样刻在我的心里，每每一想起来，就觉得那刀子还在往深处刻。我始终不知道我那个老乡的女儿回去的村子是个什么地方，十年了，她又是怎么个活着。我和我的老乡还在往来，他依然是麦秋时节了回老家收庄稼，庄稼收完了再到西安来收捡破烂，但一年比一年老得严重，头发稀落，身子都佝偻了。前些年一见面，总还要给我唠叨，说解救女儿时他去过那村子,在高原上,风头子硬,人都住在窑洞里,没有麦面蒸馍吃。这几年再见到他了,却再也没提说过他女儿。我问了句:你没去看看她?他挥了一下手,说:有啥,看,看的?!他不愿意提说,我也就不敢再问。以后,我采风去过甘肃的定西,去过榆林的横山和绥德,也去过咸阳北部的彬县、淳化、旬邑,那里都是高原,每当我在坡梁的小路上看到挖土豆回家的妇女,脸色黑红,背着那么沉重的篓子,两条弯曲成O形的腿,趔趔趄趄,我就想到了她。在某一个村庄,路过谁家的碥畔,那里堆放着各式各样的农具,有驴有猪,鸡狗齐全,窑门口晒了桔梗和当归,有矮个子男子蹴在那里吃饭,而女的一边给身边的小儿擦鼻涕,一边扭着头朝隔壁家骂,骂得起劲了,啪啪地拍打自己的屁股。我就想到了她。在逛完了集市往另一个村庄去的路口,一个孩子在草窝里捉蚂蚱,远处的奶奶怎么喊他,他都不听。奶奶就把胳膊上的篮子放在地上,说:谁吃饼干呀,谁吃饼干呀!孙子没有来,麻雀乌鸦和鹰却来了,等孙子捉着蚂蚱往过跑,篮子里的那包饼干已没有了,只剩下一个骨头,那是奶奶在集市上掉下来的一颗牙,她要带回扔到自家的房顶去。不知怎么,我也就想到了她。

年轻的时候,对于死亡,只是一个词语,一个概念,一个哲学上的问题,谈起来轻松而热烈,当过了五十岁,家族里朋友圈接二连三地有人死去,以至父母也死了,死亡从此让我恐惧,那是无语的恐惧。曾几何时报纸上电视上报道过拐卖妇女儿童的案件，我也觉得那非常遥远，就如我阅读外国小说里贩卖黑奴一样。可我那个老乡女儿的遭遇，使我在街上行走，常常就盯着人群，怀疑起了某个人，每有亲戚带了小儿或孙子来看我，我送他们走时，一定是反复叮嘱把孩子管好。

我出身于农村，十九岁才到西安，我自以为农村的事我没有不知道的，可八十年代初和一个妇联干部交谈，她告诉我：经调查，农村的妇女百分之六十性生活没有快感。我记得我当时目瞪口呆。十年前我那个老乡的女儿被拐卖后，我去过一次公安局，了解到这个城市每年被拐卖的妇女儿童无法得知，因为是不是被拐卖难以确认，但确凿的，备案的失踪人口有数千人。我也是目瞪口呆。

留神了起来，在城市的大街小巷，总能看到贴在路灯杆上的道路指示牌上的公用电话亭上的寻人广告，寻的又大多是妇女和儿童。这些失踪的妇女儿童，让人想得最多的，他们是被拐卖了。这些广告在农村是少见的，为什么都集中发生在城市呢？偷抢金钱可以理解，偷抢财物可以理解，偷抢了家畜和宠物拿去贩卖也可以理解，怎么就有拐卖妇女儿童的？社会在进步文明着，怎么还有这样的荒唐和野蛮，为什么呢？

中国大转型年代，发生了有史以来人口最大的迁徙，进城去，几乎所有人都往城市涌聚。就拿西安来讲，这是个古老的城市，满到处却都是年轻的面孔，他们衣着整洁，发型新潮，拿着手机自拍的时候有着很萌的表情,但他们说着各种各样的方言,就知道了百分之八九十都来自于农村。在我居住的那座楼上,大多数的房间都出租给了这些年轻人。其中有的确实在西安扎下了根,过上了好日子,而更多的却漂着,他们寻不到工作,寻到了又总是因工资少待遇低或者嫌太辛苦又辞掉了,但他们不回老家去,宁愿一天三顿吃泡面也不愿再回去,从离开老家的那天起就决定永远不回去了。其实,在西安待过一年两年也回不去了,尤其是那些女的。中央政府每年之初都在发一号文件,不断在说要建设社会主义新农村,可农村没有了年轻人,靠那些空巢的老人留守的儿童去建设吗?我们是在一些农村看到了集中盖起来的漂亮的屋舍,挂着有村委会的牌子,党员活动室的牌子,也有医疗所和农科研究站,但那全是离城镇近的,自然生态好的,在高速路边的地方。而偏远的各方面条件都落后的区域,那些没能力的,也没技术和资金的男人仍剩在村子里,他们依赖着土地能解决着温饱,却再也无法娶妻生子。我是到过一些这样的村子,村子里几乎都是光棍,有一个跛子,他是给村里架电线时从崖上掉下来跌断了腿,他说:我家在我手里要绝种了,我们村在我们这一辈就消亡了。我无言以对。

大熊猫的珍贵在于有那么多的力量帮助它们生育,而窝在农村的那些男人,如果说他们是卑微的生命,可往往越是卑微的生命,如兔子、老鼠、苍蝇、蚊子,越是大量地繁殖啊!任何事情一旦从实用走向了不实用那就是艺术,城市里多少多少的性都成了艺术,农村的男人却只是光棍。记得当年时兴的知青文学,有那么多的文字在控诉着把知青投进了农村,让他们受苦受难。我是回乡知青,我想,去到了农村就那么不应该,那农村人,包括我自己,受苦受难便是天经地义?拐卖是残暴的,必须打击,但在打击拐卖的一次一次行动中,重判着那些罪恶的人贩,表彰着那些英雄的公安,可还有谁理会城市夺去了农村的财富,夺去了农村的劳力,也夺去了农村的女人。谁理会窝在农村的那些男人在残山剩水中的瓜蔓上,成了一层开着的不结瓜的谎花。或许,他们就是中国最后的农村,或许,他们就是最后的光棍。

这何尝不也是这个年代的故事呢?

但是,这个故事,我十年里一个字都没有写。怎么写呢?写我那个老乡的女儿如何被骗上了车,当她发觉不对时竭力反抗,又如何被殴打,被强暴,被威胁着要毁容,要割去肾脏,以及人贩子当着她的面和买主讨价还价?写她的母亲在三年里如何哭瞎了眼睛,父亲听说到山西的一个小镇是人贩子的中转站,为了去打探女儿消息,就在那里的砖瓦窑上干了一年苦力,终于有了线索,连夜跑一百里山路,潜藏在那个村口两天三夜?写他终于与女儿相见,为了缓解矛盾,假装认亲,然后再返回西安,给派出所提供了准确地点,派出所又以经费不足的原因让他筹钱,他又如何在收捡破烂时偷卖了三个下水盖被抓去坐了六个月的牢?写解救时全村人如何把他们围住,双方打斗,派出所的人伤了腿,他头破血流,最后还是被夺去了孩子?写他女儿回到了城市,如何受不了舆论压力,如何思念孩子,又去被拐卖的那个地方?我实在是不想把它写成一个纯粹的拐卖妇女儿童的故事。这个年代中国发生的案件太多太多,别的案件可能比拐卖更离奇和凶残,比如上访,比如家暴,比如恐怖袭击、黑恶势力。我关注的是城市在怎样地肥大了而农村在怎样地凋敝着,我老乡的女儿被拐卖到的小地方到底怎样,那里坍塌了什么,流失了什么,还活着的一群人是懦弱还是强狠,是可怜还是可恨,是如富士山一样常年驻雪的冰冷,还是它仍是一座活的火山。

这件事如此丰富的情节和如此离奇的结局,我曾经是那样激愤,又曾经是那样悲哀,但我写下了十页、百页、数百页的文字后,我写不下去,觉得不自在。我还是不了解我的角色和处境呀,我怎么能写得得心应手?拿碗在瀑布下接水,能接到吗?!我知道我的秉性是双筷子,什么都想尝尝,我也知道我敏感,我的屋子里一旦有人来过,我就能闻出来,就像蚂蚁能闻见糖的所在。于是我得重新再写,这个故事就是稻草呀,捆了螃蟹就是螃蟹的价,我怎么能拿了去捆韭菜?

现在小说,有太多的写法,似乎正时兴一种用笔很狠的、很极端的叙述。这可能更合宜于这个年代的阅读吧,但我却就是不行。我一直以为我的写作与水墨画有关,以水墨而文学,文学是水墨的。坦白地讲，我自幼就写字呀画画，喜欢着水墨，在上个世纪八十年代，我的文学的最初营养，一方面来自中国戏曲和水墨画的审美，一方面来自西方现代美术的意识，以后的几十年里，也都是在这两方面纠结着拿捏着，做我文学上的活儿。如今，上几辈人写过的乡土，我几十年写过的乡土，发生巨大改变，习惯了精神栖息的田园已面目全非。虽然我们还企图寻找，但无法找到，我们的一切努力也将是中国人最后的梦呓。在陕西，有人写了这样一个文章，写他常常怀念母亲，他母亲是世上擀面最好的人。文章发表后，许多人给他来信，都在说：世上擀面最好的人是我妈！我也是这样，但凡一病，躺在床上了，就极想吃我母亲做的饭，可母亲去世多年了，再没有人能做出那种味道了。就在我常常疑惑我的小说写什么怎么写的时候，我总是抽身去一些美术馆逛逛，参加一些美术的学术会议，竟然受益颇多，于是回来都做笔记，有些是我的感悟，有些是高人的言论。就在我重新写这个故事前，一次在论坛上，我记下了这样一段话：

> 当今的水墨画要呈现今天的文化、社会和审美精神的动向，不能漠然于现实，不能躲开它。和其他艺术一样，也不能否认人和自然、个体和社会、自我和群体之间关系的基本变化。假如你今天还是画花鸟山水

人物，似乎这两百年的剧烈的、根本的、彻底的变化没有发生，那么你的作品是脱离时代的装饰品。不过水墨画不是一个直接反映这些变化的艺术方式，不是一种社会现象，不能为任何主义或概念服务。中国二十世纪的水墨的弱点在于它是一个社会现象，不是一个艺术现象，或更多是社会现象少是艺术现象。水墨对现代是什么意思？跟其他当代艺术方式比的话，水墨画有什么独特性？水墨的本质是写意，什么是写意，通过艺术的笔触，展现艺术家长期的艺术训练和自我修养凝结而成的个人才气，这是水墨画的本质精髓。写意既不是理性的，又不是非理性的，但它是真实的，不是概念。艺术家对自己、感情、社会、政治、宗教的体验与内心的修养互相纠缠，形成不可分割的整体，成为内在灵魂的载体。西方"自我"是原子化个体的自我，中国文化中是人格，人格理想，这个东西带有群体性和积累性。在西方现当代艺术发展过程中，纯粹个体的心理发泄是主要的创作动力，这是现代主义绘画包括后现代主义的观念艺术和装置艺术的主要源泉。而在中国，动力是另一个，就是对人格理想的建构，而且是对积累性的、群体性的人格理想的建构。但它不是只完善自我，是在这个群体性、积累性的理想过程中建构个体的自我。

他们的话使我想到佛经上的开篇语：如我所闻。嗨，真是如我所闻，它让我思索了诸多问题，人格理想是什么，何为积累性、群体性的理想过程，又怎样建构文学中的我的个体？记得那一夜我又在读苏轼，忽然想，苏轼应该最能体现中国人格理想吧，他的诗词文赋书法绘画又应该最能体现他的人格理想吧。于是就又想到了戏曲里的"小生"的角色。中国人的哲学和美学在戏曲里是表现得最充分的，为什么设这样的角色：净面无须，内敛吞声，硬朗俊秀，玉树临风？而《红楼梦》里贾宝玉又恰是这样，《三国演义》中的诸葛亮，《水浒传》中的宋江，《西游记》中的唐僧也大致是这样，这类雌雄同体的人物的塑造反映了中国人的一种什么样的审美，暴露了这个民族文化基因的什么样的秘密？还是那个苏轼吧，他诗词文赋书法绘画无一不能，能无不精，世人都爱他，但又有多少人能理解他？他的一生经历了那么多艰难不幸，而他的所有文字里竟没有一句激愤和尖刻。他是超越了苦难、逃避、辩护，领悟到了自然和生命的真谛而大自在着，但他那些超越后的文字直到今日还被认为是虚无的消极的，最多说到是坦然和乐观。真是圣贤多寂寞啊！我们弄文学的，尤其在这个时候弄文学，社会上总有非议我们的作品里阴暗的东西太多，批判的主题太过。大转型期的社会有太多的矛盾、冲突、荒唐、焦虑，文学里当然就有太多的揭露、批判、怀疑、追问，生在这个年代就生成了作家的这样的品种，这样品种的作家必然就有了这样品种的作品。却又想,我们的作品里,尤其小说里,写恶的东西都能写到极端,而写善却从未写到极致?很久很久以来了,作品的一号人物总是苍白,这是什么原因呢?由此,我在读一些史书时又搞不懂了,为什么秦人尚黑色,战国时期的秦军如虎狼,穿黑甲,举黑旗,狂风暴雨般的,呼啸而来灭了六国,又呼啸而去,二世为终。看电视里报道的画面,中东的伊斯兰国也是黑布蒙面黑袍裹身,黑旗摇荡,狂风暴雨般地掠城夺地。而二十世纪的中国,中华民国的旗是红色的,上有白日,中华人民共和国更是红色,上有五星,这就又尚红。那么,黑色红色与一个民族的性格是什么关系呢,文化基因里是什么样的象征呢?

二〇一四年的漫长冬季,我一直在做着写《极花》的准备,脑子里却总是混乱不清。直到二〇一五年春天过去了,夏天来了,我才开始动笔。我喜欢在夏天里写作,我不怕热,似乎我是一个热气球,越热越容易飞起来。我在冬天里乱七八糟的想法,无法完成于我的新作里,或许还不是这一个《极花》里,但我闻到了一种气息,也会把这种气息带进来,这如同妇女们在怀孕时要听音乐,好让将来的孩子喜欢唱歌,要在卧室里贴上美人图,好让将来的孩子能长得漂亮。又如同一般人在脖子上挂块玉牌,能与神灵接通,拳击手在身上文了兽头,能更强悍凶猛。这个《极花》中的极花,也是冬虫夏草,它在冬天里是小虫子,而且小虫子眠而死去,在夏天里长草开花,要想草长得旺花开得艳,夏天正是好日子。

我开始写了，其实不是我在写，是我让那个可怜的叫着胡蝶的被拐卖来的女子在唠叨。她是个中学毕业生，似乎有文化，还有点小资意味，爱用一些成语，好像什么都知道，又什么都不知道，就那么在唠叨。

她是给谁唠叨？让我听着？让社会听着？这个小说，真是个小小的说话，不是我在小说，而是她在小说。我原以为这是要有四十万字的篇幅才能完的，却十五万字就结束了。兴许是这个故事并不复杂，兴许是我的年纪大了，不愿她说个不休，该用减法而不用加法。十五万字好呀，试图着把一切过程都隐去，试图着逃出以往的叙述习惯，它成了我最短的一个长篇，竟也让我喜悦了另一种的经验和丰收。

面对着不足三百页的手稿，我给自己说：真是的，生在哪儿就决定了你。如瓷，景德镇的是青花，尧头（在陕西澄县）出黑釉。我写了几十年，是那么多的题材和体裁，写来写去，写到这一个，也只是写了我而已。

但是，小说是个什么东西呀，它的生成既在我的掌控中，又常常不受我的掌控，原定的《极花》是胡蝶只是要控诉，却怎么写着写着，肚子里的孩子一天复一天，日子垒起来，成了兔子，胡蝶一天复一天地受苦，也就成了又一个麻子婶，成了又一个訾米姐。小说的生长如同匠人在庙里用泥巴捏神像，捏成了匠人就得跪下拜，那泥巴成了神。

  二〇一五年七月十五日的上午，我记着这一日，十五万字画上了句号，天噼里啪啦下雨，一直下到傍晚。这是整个夏天最厚的一场雨，我在等着外出的家人，思绪如尘一样乱钻，突然就想起两句古人的诗。

  一句是：沧海何尝断地脉，朱崖从此破天荒。

  一句是：乐意相关禽对语，生香不断树交花。

二〇一五年八月四日夜，再改于八月二十一日夜

《山本》后记

这本书是写秦岭的，原定名就是《秦岭》，后因嫌与曾经的《秦腔》混淆，变成《秦岭志》，再后来又改了，一是觉得还是两个字的名字适合于我，二是起名以张口音最好，而志字一念出来牙齿就咬紧了，于是就有了《山本》。山本，山的本来，写山的一本书，哈，本字出口，上下嘴唇一碰就打开了，如同婴儿才会说话就叫爸爸妈妈一样（即便爷爷奶奶，舅呀姨呀的，血缘关系稍远些，都是撮口音），这是生命的初声啊。

关于秦岭，我在题记中写过，一道龙脉，横亘在那里，提携了黄河长江，统领着北方南方，它是中国最伟大的一座山，当然它更是最中国的一座山。

我就是秦岭里的人，生在那里，长在那里，至今在西安城里工作和写作了四十多年，西安城仍然是在秦岭下。话说：生在哪儿，就决定了你。所以，我的模样便这样，我的脾性便这样，今生也必然要写《山本》这样的书了。

以前的作品，我总是在写商洛，其实商洛仅仅是秦岭的一个点，因为秦岭实在是太大了，大得如神，你可以感受与之相会，却无法清晰和把握。曾经企图能把秦岭走一遍，即便写不了类似的《山海经》，也可以整理出一本秦岭的草木记，一本秦岭的动物记吧。在数年里，陆续去过起脉的昆仑山，相传那里是诸神在地上的都府，我得首先要祭拜的；去过秦岭始崛的鸟鼠同穴山，这山名特别有意思；去过太白山；去过华山；去过从太白山到华山之间的七十二道峪；自然也多次去过商洛境内的天竺山和商山。已经是不少的地方了，却只为秦岭的九牛一毛，我深深体会到一只鸟飞进树林子是什么状态，一棵草长在沟壑里是什么状况。关于整理秦岭的草木记、动物记，终因能力和体力未能完成，没料在这期间收集到秦岭二三十年代的许许多多传奇。去种麦子，麦子没结穗，割回来了一大堆麦草，这使我改变了初衷，从此倒兴趣了那个年代的传说。于是对那方面的资料，涉及的人和事，以及发生地，像筷子一样啥都要尝，像尘一样到处乱钻，太有些饥饿感了，做梦都是一条吃桑叶的蚕。

那年月是战乱着，如果中国是瓷器，是一地瓷的碎片年代。大的战争在秦岭之北之南错综复杂地爆发，各种硝烟都吹进了秦岭，秦岭里就有了那么多的飞禽奔兽，那么多的魍魉魑魅，一尽着中国人的世事，完全着中国文化的表演。当这一切成为历史，灿烂早已萧瑟，躁动归于沉寂，回头看去，真是倪云林所说：生死穷达之境，利衰毁誉之场，自其拘者观之，盖有不胜悲者，自其达者观之，殆不值一笑也。巨大的灾难，一场荒唐，秦岭什么也没改变，依然山高水长，苍苍莽莽，没改变的还有情感，无论在山头或河畔，即使是在石头缝里和牛粪堆上，爱的花朵仍然在开，不禁慨叹万千。

《山本》是在二〇一五年开始了构思，那是极其纠结的一年，面对着庞杂混乱的素材，我不知怎样处理。首先是它的内容，和我在课本里学的、在影视上见的，是那样不同，这里就有了太多的疑惑和忌讳。再就是，这些素材如何进入小说，历史又怎样成为文学？我想我那时就像一头狮子在追捕兔子，兔子钻进偌大的荆棘藤蔓里，狮子没了办法，又不忍离开，就趴在那里，气喘吁吁，鼻脸上尽落些苍蝇。

我还是试图着先写吧，意识形态有意识形态的规范和要求，写作有写作的责任和智慧，至于写得好写得不好，是建了一座庙还是盖个农家院，那是下一步的事，鸡有蛋了就要下，不下那也憋得慌么。初稿完成到二〇一六年底，修改已是二〇一七年。二〇一七年是西安百年间最热的夏天啊，见到的狗都伸着长舌，长舌鲜红，像在生火，但我不怕热，凡是不开会（会是那么多呀！）就在屋里写作。写作会发现身体上许多秘密，比如总是失眠，而胃口大开；比如握笔手上用劲，脚指头却疼；比如写那么几个小时了，去洗手间，往镜子上一看，头发竟如茅草一样凌乱，明明我写作前洗了脸梳过头的，几小时内并没有风，也不曾走动，怎么头发像风怀其中？

　　漫长的写作从来都是一种修行和觉悟的过程，在这前后三年里，我提醒自己最多的，是写作的背景和来源，也就是说，追问是从哪里来的，要往哪里去。如果背景和来源是大海，就可能风起云涌，波澜壮阔，而背景和来源狭窄，只能是小河小溪或一潭死水。在我磕磕绊绊这几十年写作途中，是曾承接过中国的古典，承接过苏俄的现实主义，承接过欧美的现代派和后现代派，承接过建国十七年的革命现实主义，好的是我并不单一，土豆烧牛肉，面条同蒸馍，咖啡和大蒜，什么都吃过，但我还是中国种。就像一头牛，长出了龙角，长出了狮尾，长出了豹纹，这四不像的是中国的兽，称之为麒麟。最初我在写我所熟悉的生活，写出的是一个贾平凹，写到一定程度，重新审视我熟悉的生活，有了新的发现和思考，在谋图写作对于社会的意义，对于时代的意义。这样一来就不是我在生活中寻找题材，而似乎是题材在寻找我，我不再是我的贾平凹，好像成了这个社会的，时代的，是一个集体的意识。再往后，我要做的就是在社会的，时代的，集体意识里又还原一个贾平凹，这个贾平凹就是贾平凹，不是李平凹或张平凹。站在此岸，泅入河中，达到彼岸，这该是古人讲的入得金木水火土五行之内，出得金木水火土五行之外，也该是古人还讲的看山是山看水是水，看山不是山看水不是水，看山还是山看水还是水吧。

说实情话，几十年了，我是常翻老子和庄子的书，是疑惑过老庄本是一脉的，怎么《道德经》和《逍遥游》是那样的不同，但并没有究竟过它们的原因。一日远眺了秦岭，秦岭上空是一条长带似的浓云，想着云都是带水的，云也该是水，那一长带的云从秦岭西往秦岭东快速而去，岂不是秦岭上正过一条河？河在千山万山之下流过是自然的河，河在千山万山之上流过是我感觉的河，这两条河是怎样的意义呢？突然醒开了老子是天人合一的，天人合一是哲学，庄子是天我合一的，天我合一是文学。这就对了，我面对的是秦岭二三十年代的一堆历史，那一堆历史不也是面对了我吗，我与历史神遇而迹化，《山本》该从那一堆历史中翻出另一个历史来啊。

过去了的历史，有的如纸被糨糊死死贴在墙上，无法扒下，扒下就连墙皮一块全碎了；有的如古墓前的石碑，上边爬满了虫子和苔藓，搞不清哪是碑上的文字哪是虫子和苔藓。这一切还留给了我们什么，是中国人的强悍还是懦弱，是善良还是凶残，是智慧还是奸诈？无论那时曾是多么认真和肃然，虔诚和庄严，却都是佛经上所说的，有了挂碍，有了恐怖，有了颠倒梦想。秦岭的山川河壑大起大落，以我的能力来写那个年代只着眼于林中一花,河中一沙,何况大的战争从来只有记载没有故事,小的争斗却往往细节丰富,人物生动,趣味横生。读到了李尔纳的话:一个认识上帝的人,看上帝在那木头里,而非十字架上。《山本》并不是写战争的书,只是我关注一个木头一块石头,我就进入这木头和石头中去了。

在构思和写作的日子里,我仍是一有空就进秦岭的,除了保持手和笔的亲切感外,我必须和秦岭维系一种新鲜感。在秦岭深处的一座高山顶上,我见到了一个老人,他讲的是他父亲传给他的话,说是,那时候,山中军行不得鼓角,鼓角则疾风雨至。这或许就是《山本》要弥漫的气息。

一次去了一个寨子,那里久旱,男人们竟然还去龙王庙祈雨,先是祭猪头,烧高香,再是用刀自伤,后来干脆就把龙王像抬出庙,在烈日下用鞭子抽打。而女人们在家里也竟然还能把门前屋后的石崖、松柏、泉水,封为××神、××公、××君,一一磕过头了,嘴里念叨着祈雨歌:天爷爷,地大大,不为大人为娃娃,下些下些下大些,风调雨顺长庄稼。一次去太白山顶看老爷池,池里没有水族,却常放五色光、万字光、珠光、油光,池边有着一种鸟,如画眉,比画眉小,毛色花纹可爱,声音嘹亮,池中但凡有片叶寸荑,它必衔去,人称之为净池鸟。这些这些,或许就是《山本》人物的德行。

在秦岭里,可以把那些峰认作是挺拔英伟之气所结,可以把那些潭认作是阴凉润泽之气所聚，而那山坡上或洼地里出现的一片一片的树林子，最能让我咸响地注视着。每棵树都是一个建筑，各种枝股的形态那是为了平衡，树与树的交错节奏，以及它们与周遭环境的呼应，使我知道了这个地方的生命气理，更使我懂得了时间的表情。这或许又是《山本》的布局。

随便进入秦岭走走，或深或浅，永远会惊喜从未见过的云、草木和动物，仍然能看到像《山海经》一样，一些兽长着似乎是人的某一部位，而不同于《山海经》的，也能看到一些人还长着似乎是兽的某一部位。这些我都写进了《山本》。另一种让我好奇的是房子，不论是瓦房或是草屋，绝对都有天窗，不在房屋顶，装在门上端，问过那里的老乡，全在说平日通风走烟，人死时，神鬼要进来，灵魂要出去。《山本》里，我是一腾出手就想开这样的天窗。

作为历史的后人，我承认我的身上有着历史的荣光也有着历史的龌龊，这如同我的孩子的毛病都是我做父亲的毛病，我对于他人他事的认可或失望，也都是对自己的认可和失望。《山本》里没有包装，也没有面具，一只手表的背面故意暴露着那些转动的齿轮，我写的不管是非功过，只是我知道了我骨子里的胆怯、慌张、恐惧、无奈和一颗脆弱的心。我需要书中那个铜镜，需要那个瞎了眼的郎中陈先生，需要那个庙里的地藏菩萨。

未能一日寡过，恨不十年读书，越是不敢懈怠，越是觉得力不从心。写作的日子里为了让自己耐烦,总是要写些条幅挂在室中,《山本》时左边挂的是"现代性,传统性,民间性",右边挂的是"襟怀鄙陋,境界逼仄"。我觉得我在进文门,门上贴着两个门神,一个是红脸,一个是黑脸。

终于改写完了《山本》,我得去告慰秦岭。去时经过一个峪口前的梁上,那里有一个小庙,门外蹲着一些石狮,全是砂岩质的,风化严重,有的已成碎石残沙,而还有的,眉目差不多难分,但仍是石狮。

二〇一七年十月十三日夜

"卧虎"说

我说的"卧虎",其实是一块石头,被雕琢了,守在霍去病的墓侧。自汉而今,鸿雁南北徙迁,日月东西过往,它竟完好无缺,倒是天光地气,使它生出一层苔衣,驳驳点点的,如丽皮斑纹一般。黄昏里,万籁俱静了,走近墓地,拨荒草悠悠然进去,蓦地见了:风吹草低,夕阳腐蚀,分明那虎正骚动不安地冲动,在未跃欲跃的瞬间,立即要使人十二分地骇怕了!怯生生绕着看了半天,却如何不敢相信寓于这种强劲的动力感,竟不过是一个流动的线条和扭曲的团块结合的石头的虎,一个卧着的石虎,一个默默的稳定而厚重的卧虎的石头!

前年冬日,我看到这只卧虎时,喜爱极了,视有生以来所见的唯一艺术妙品,久久揣赏,感叹不已,想生我育我的商州地面,山川水土,拙厚、古朴、旷远,其味与卧虎同也。我知道,一个人的文风和性格统一了，才能写得得心应手，一个地方的文风和风尚统一了，才能写得入情入味，从而悟出要作我文，万不可类那种声色俱厉之道，亦不可沦那种轻靡浮艳之华。"卧虎"，重精神，重情感，重整体，重气韵，具体而单一，抽象而丰富，正是我求之而苦不能的啊！

我在那墓场待了三日，依依不肯离去。我总是想：一个混混沌沌的石头，是出自哪个荒寂的山沟呢？被雕刻家那么随便一凿，就活生生成了一只虎了？！而固定的独独一块石头，要凿成虎，又受了多大的限制？可正是有了这种限制，艺术才得到了最充分的自由吗？！貌似缺乏艺术，而真正的艺术则来得这么单纯，朴素，自然，真切！

静观卧虎，便进入一种千钧一发的境界。卧虎是力的象征，我们的民族，具有辉煌的历史，但也有过一片黑暗和一片光明的年代，而一片光明和一片黑暗一样都是看不清任何东西的。现在，正需要五味子一类的草药，扶阳补气，填精益髓。文学应该是与世界相通的吧，我们的文学也一样是需要五味子了，如此而已。

但是，这竟不是一个仰天长啸的虎，竟不是一个扑、剪、掀、翻的虎，偏偏要使它欲动却终未动地卧着？卧着，内向而不呆滞，寂静而有力量，平波水面，狂澜深藏，它卧了个恰好，是东方的味，是我们民族的味。

以中国传统的美的表现方法，真实地表达现代中国人的生活和情绪，这是我创作追求的东西。但是，实践却是那么艰难，每走一步，犹如乡下人挑了鸡蛋筐子进闹市，前虑后顾，唯恐有了不慎，以至怀疑到了自己的脚步和力量。终有幸见到了"卧虎"，我明白了，且明白往后的创作生涯，将更进入一种孤独境地。喜从此有了"源于高度的自信"，进一步"精于其道的自感"（这是袁运甫的画语），我想，艺术于我是亲近的。

　　我的"卧虎"啊……

一九八三年四月

五十大话

过了旧历二月二十一日,我今年是五十岁。到了五十,人便是大人,寿便是大寿,可以当众说些大话了。

差不多半个多月的光景吧,我开始睡得不踏实,一到半夜四点就醒来,骨碌碌睁着眼睛睡不着,又突然地爱起了钱,我知道我是在老了。明显地腿沉,看东西离不开眼镜,每一个槽牙都补过窟窿,头发也秃掉一半。老了的身子如同陈年旧屋,椽头腐朽,四处漏雨。人在身体好的时候,身体和灵魂是统一的,也可以说灵魂是安详的,从不理会身体的各个部位,等到灵魂清楚身体的各个部位,这些部位肯定是出了毛病,灵魂就与身体分裂,出现烦躁,时不时准备着离开了。我常常在爬楼时觉得,身子还在第八个梯台,灵魂已站在第十个梯台,甚至身子是坐在椅子上,能眼瞧着灵魂在房间里走来走去。曾经约过一些朋友去吃饭,席间有个漂亮的女人让我赏心悦目，可她一走近我，便"贾老贾老"地叫，气得我说：你要拒绝我是可以的，但你不能这样叫呀！我真是害怕身子太糟糕了，灵魂一离开就不再回来。往后再不敢熬夜了，即便是最好的朋友邀打麻将，说好放牌让我赢，也不去了。吃饭要讲究，胃虽然是有感情的，也不能只记着小时在乡下吃过的糊汤和捞面，要喝牛奶，让老婆煲乌鸡人参汤，再是吃海鲜和水果。听隔壁老田的话，早晨去跑步，倒退着跑步，还有，蹲厕所时不吸烟，闭上嘴不吭声，勤搓裆部，往热里搓，没事就拿舌头抵着牙根汪口水，汪有口水了，便咽下去。级别工资还能不能高不在意了，小心着不能让血压血脂高；业绩突出不突出已无所谓了，注意椎间盘的突出。当学生能考上大学便是父母的孝顺孩子，现在自己把自己健康了，子女才会亲近。

二十岁时我从乡下来到了西安城里，一晃数十年就过去了，虽然总是还觉得从大学毕业是不久前的事情，事实是我的孩子也即将从大学毕业。人的一生到底能做些什么事情呢？当五十岁的时候，不，在四十岁之后，你会明白人的一生其实干不了几样事情，而且所干的事情都是在寻找自己的位置。造物主按照这世上的需要造物，物是不知道的，都以为自己是英雄，但是你是勺，无论怎样地盛水，勺是盛不过桶的。性格为生命密码排列了定数，所以性格的发展就是整个命运的轨迹。不晓得这一点，必然沦成弱者，弱者是使强用狠，是残忍的，同样也是徒劳的。我终于晓得了，我就是强者，强者是温柔的，于是我很幸福地过我的日子。不再去提着烟酒到当官的门上蹭磨，或者抱上自己的书和字画求当官的斧正，当然，也不再动不动坐在家里骂官，官让干什么事偏不干。谄固可耻，傲亦非分，最好的还是萧然自远。别人说我好话，我感谢人家，必要自问我是不是有他说的那样。遇人轻我，肯定是我无可重处。不再会为文坛上的是是非非烦恼了。做车子的人盼别人富贵，做刀子的人盼别人伤害，这是技术本身的要求。若有诽谤和诋毁，全然是自己未成正果，一只兔子在前边跑，后边肯定有百人追逐，不是一只兔子可以分成百只，是因为这只兔子的名分不确定啊。在屋前种一片竹子不一定就清高，突然门前客人稀少，也不是远俗了。还是平平常常着好，春到了看花开，秋来了就扫叶。

　　大家都知道，我的病多，总是莫名其妙地这儿不舒服那儿不舒服。但病使我躲过了许多尴尬，比如有人问，你应该担任某某职务呀，或者说你怎么没有得奖呀和没有情人呀，我都回答我有病！更重要的，病是生与死之间的一种微调，它让我懂得了生死的意义，像不停地上着哲学课。除了病多，再就是骂我的人多。我老不明白：我招谁惹谁了，为什么骂我？后来看到古人的一副对联，便会心而笑了。左联这么写：著书竟二十万言，才未尽也；得谤遍九州四海，名亦随之。我何不这样呢，声名既大，谤亦随焉，骂者越多，名更大哉。世上哪里仅是单纯的好事或是坏事呢？我写文章，现在才知道文章该怎么写了，活人也能活出个滋味了，所以我提醒自己：要会欣赏。鸟儿在树上叫着，鸟儿在说什么话呢？鸟的语言我是不懂的，我只觉得它叫得好听就是了，做一个倾听者。还有，多做好事，把做的好事当作治病的良方；不再恨人，对待仇人应视为他是来督促自己成功者，对待朋友亦不能要求他像家人一样。钱当然还是要爱的，如古人说的那样，巨大的胸襟，爱小零钱么。以文字立身用字画养性，收藏古董让古董收藏我，热爱女人为女人尊重，不浪费时间不糟蹋粮食。到底还是一句老话：平生一片心，不因人热，文章千古事，聊以自娱。